U0014198

池袋ウエストゲートパーク9
ドラゴン・ティアーズ 龍涙

龍涙

DRAGON TEARS

石田衣良
ISHIDA IRA
孫莎莎—譯

〔導讀〕石田衣良的世界

新井一二三

一九九七年，石田衣良以《池袋西口公園》登上日本文壇，並獲得了該年的「ＡＬＬ讀物推理小說新人獎」。至今七年，作者以及作品的發展都相當可觀。石田不停地發表多部短篇、長篇作品，二〇〇三年以《4 TEEN》一書贏得了第一二九屆直木獎，乃日本最有權威的大眾小說獎；有目共睹，他是當前在日本最活躍的作家之一。至於作品，《池袋西口公園》不僅化身為漫畫、電視劇、暢銷ＤＶＤ，而且發展成系列小說，已經有四本書問世，第五部也在雜誌上發表過了。

石田衣良於一九六〇年三月二十八日在東京江戶川區出生，從小喜歡看書，學生時代每年看一千本書，也就是每天平均三點七本；從成蹊大學經濟學系畢業以後，任職於廣告公司，跟著成為獨立文案家；《池袋西口公園》是他發表的第一部小說。

有一次訪問中，石田說，三十七歲那年忽然開始寫小說，是受了女性雜誌《CREA》刊登的星座算命的影響。一決定要做小說家，他採取的步伐非常具體、現實：調查好各文學新人獎的投稿規定和截稿日期，並且開始埋頭寫作。

雖然最初以推理作品獲得了獎賞，但是從一開始，他就寫各類不同性質的小說；除了

「ALL讀物推理小說新人獎」以外，「日本恐怖文學大獎」和以純文學作品為對象的「朝日文學新人獎」等，石田全去投稿，而在每個地方都引起了審查人的注意。

直木獎作品《4 TEEN》是關於四個初中生的故事；他寫的戀愛小說很受女性讀者的歡迎；以金融界為背景的小說拍成了電視劇。石田衣良的作品世界真是五花八門。

日本小說家，《文藝春秋》創辦人菊池寬曾經說：純文學和大眾文學的區別在於，前者是作家為自己寫的，後者則是為別人寫的。從這角度來看，石田衣良可以說是天生的大眾文學作家。什麼形式的小說，他都會寫，同時能夠保持自己一貫的風格。

《池袋西口公園》本來是一部短篇小說，乃池袋西口水果店的兒子，十九歲的真島誠與當地夥伴們做業餘偵探的故事。

日文原名《池袋（IKEBUKURO）WEST GATE PARK》起得非常巧妙，特有喚起力。在東京人的印象中，池袋一貫是很土氣的三流繁華區；沒有銀座的高貴、六本木的洋氣、澀谷的時髦、新宿的次文化；連地標六十層高的陽光城大樓也蓋在巢鴨監獄舊址上，也就是第二次世界大戰後，日本戰犯被關押處刑的場所，自然不會有歡樂的聯想。但是，一改用英語把西口公園說成「WEST GATE PARK」，簡直忽而出現了全新的年輕人活動區一般，特會刺激讀者的好奇心。

那形象，實際上是作者的創造。他在訪問中說：其實對池袋並不熟悉，只是曾在上下班路上經過的地點而已；作品中，對西口一帶風化店的描寫很詳細，但也並沒有實地採訪過。如果是真的，他想像力之豐富真令人為之咋舌。不過，他也承認，去哪兒都隨身帶有照相機，看到什麼都記錄下來。

一九九〇年代以後，日本經濟長期不景氣，很多青年看不到希望，過著無為的日子。真島誠和他的夥伴們，就是這麼一種年輕人。他母親開的那種水果店，也是東京人都很熟悉的，主要生意是騙醉鬼的錢。高中畢業就不上學、不上班的真島誠，從主流社會來看是個小流氓，理應缺乏正統、健全的倫理觀念。然而，一面對夥伴們或社區的危機，他卻表現得非常精明、勇敢，甚至像個英雄——雖然是三流繁華區的。

《池袋西口公園》最大的魅力，是作者以寬容、溫暖的文筆描寫著這批年輕人。作品中，幾乎沒有一個人是健康、幸福的。家庭暴力、校內暴力、神經失調、援交、亂倫、嗜毒、賣淫、非法外勞、不孕症……大家都有過不可告人的悲慘經歷、精神創傷。他們之間的來往，當初只有兩種：要麼是同病相憐，或者是徹底對抗。但是，隨著小說系列化，真島誠他們幫助的對象也開始包括老年人、殘障人士、小孩子等等的社會弱者。故事一方面保持著青年黑暗小說的架構，另一方面獲得社會、人情小說的味道。石田衣良的手藝真不簡單。

他說：二十多歲時候，曾經有一段時間情緒低落，把自己關在房間裡長期沒出來；後來經過自我訓練，逐漸對社會適應了。我們從他作品看得出來，因為有過痛苦的經歷，他是特會理解別人之苦楚的。

一九八〇年代，日本社會進入後現代階段。純文學等傳統文藝形式對年輕一代人不再有大影響力了。反之，漫畫、卡通、電腦遊戲等成為年輕人共同的文化經驗。在文學領域，內容、情節類似於漫畫的「公仔（characte）小說」流行於年輕男女圈子；其特點是，讀者認同於登場人物，像網絡遊戲一般地投入於故事發展中。

雖然石田衣良是擁有多數大人讀者的傳統小說家，但是他的代表作《池袋西口公園》對年輕人的影響之大，倒彷彿「公仔小說」。他們以英文短稱「IWGP」言及作品；認同於真島誠、安藤崇、齊藤（猴子）富士男、森永和範、水野俊司等主要登場人物之一；從電視劇到漫畫到小說，跨媒體地享受作品。

《動物化的後現代》的作者，一九七一年出生的哲學家、評論家東浩紀指出：「公仔小說」擁有資料庫形式，像某些卡通片一般，登場人物可以無限增大，情節也可以永遠發達，但是始終在一個關閉的故事空間裡。作為大都會青春推理小說出發的「IWGP」系列，似乎在走這一條路。

例如，石田衣良的另一部小說《紅・黑》的別名是「池袋西口公園外傳」。在池袋發生的賭場利潤搶奪案小說，不是由真島誠講述的，而牽涉到他老同學，缺左手無名指頭的黑社會成員齊藤（猴子）富士男。作者說，因為他想多寫點猴子，一時離開《池袋西口公園》而另寫了《紅・黑》，但始終在「IWGP」世界裡。

石田衣良寫的小說，除了「IWGP」之外，《4 TEEN》也以月島為背景，用巧妙的文筆寫下了現代東京的都市景觀。這一點非常有趣。因為他說，曾看過的幾萬本書當中，對他印象最深刻的日本小說家是永井荷風和川端康成。眾所周知：荷風是酷愛東京的老一代文人，尤其對江戶遺風愛得要死。川端也有一段時間熱心地描寫過淺草——當年東京最繁華的鬧區。

總之，關於石田衣良作品，我們可以從好多不同的角度討論下去。不過，他畢竟剛出道不久，年紀也不很大（常帶韓國明星般的笑容出現於各媒體），今後會發表好多作品；目前下任何結論都太早了。無論如何，對這一代日本年輕人來說，「IWGP」無疑成為他們永遠不會忘記的青春插話了。看完了這本書，我相信你也一定會同意。

二〇〇四年八月十日

於東京國立

〔導讀〕作家貴公子

曾志成

作家如果也有階層，石田衣良顯然屬於「作家貴公子」這一階層。貓般的男人，是我對石田衣良的第一印象，石田氏招牌瞇瞇眼以及溫文儒雅表情，不知迷死了多少日本讀者。連最近超人氣年輕實力派男優妻夫木聰都跳出來說自己是石田粉絲，可見石田衣良小說風靡已成為文學界年度流行話題。

三十七歲那年，石田衣良意外獲得《ALL讀物推理小說新人賞》副賞（ALL讀物：文藝春秋出版社發行的文藝誌。ALL讀物推理小說新人賞：該雜誌推理小說部門的公募新人賞），應募代表作《池袋西口公園》（池袋ウエストゲートパーク）一舉成名，該作品被改編成電視劇後，石田衣良開始走紅日本文壇。該賞獎金五十萬日圓，全葬在一次搬家費用。

石田衣良生於東京下町江戶川區，身體流淌著不安定血液，離家獨居以來，曾在橫濱、二子玉川、月島、町屋、神樂坂、目白等地多處遷徙，樂此不疲。石田衣良的作品中充滿了東京某町的特殊情懷，即使不是出生之地，在他居住一段期間後，町所屬的氣味自然融入，成為作家的血肉。石田衣良帶著NIKON F80相機恣意捕捉各町樣貌，池袋與秋葉原便在隨機狀態下被收入文字之中，發展成看似獨立、實則相連的「池袋西口公園系列」。

以真實街景為小說舞台，描繪青少年主人公變異的成長；青春期的苦澀空洞，一直是石田衣良關注的焦點。二〇〇一年出版的《娼年》，石田衣良便透露：「要是誰說自己二十歲時活得非常快樂，這種人的話絕不可信！」

活在青春陰影之中，石田衣良從成蹊大學經濟學部畢業後，患有輕微對人恐懼症，放棄投靠朝九晚五上班族行列。二十五歲以前的石田衣良玩過股票，幹過地下鐵工事、倉庫工人、保全人員、家庭教師，全憑自我意志；三十歲後正式進入廣告界就職，結束青春放浪生活，成為一名靠寫字維生的廣告文案。

寫字工作輕而易舉，獨立門戶後石田衣良搖身一變成為廣告文案蘇活族，每天只需在家工作兩、三小時，生活便可無憂無慮。但年輕時肉體勞動的烙印沒有因此消失，中年的石田衣良突發奇想動筆寫小說，單純只為緬懷自己的憂患青春期。

以作家風格來論，石田衣良不擅長灑狗血。過了血氣方剛之年，得到優渥生活保障後才動筆寫小說的石田衣良，沒有憤世嫉俗，下筆冷靜，保持中立眼光觀看生活周遭。面對單刀直入的戀愛題材，石田衣良以過盡千帆的哀愁詮釋「大人（おとな）戀愛」（成熟、穩重的戀愛）。

與石田衣良初次相遇，短篇小說集《Slow Goodbye》（スローグッドバイ）正好擺在池

袋東口淳久堂書店一樓的醒目位置，這本被譽為「珠玉短篇」的小說吸引了我。那時我的日本語還停留在「讀不太懂小說」的階段，沿著石田衣良的文字軌跡，逐字讀完其中某篇，文字意象鮮明地鑲在腦海。看似平凡的愛情逐漸壯大起來，石田衣良的文字簡單冷調柔軟易讀，使人無防備地一頭栽進他所設計的二十代（二十歲以上未滿三十歲的年齡層）男女愛情物語陷阱。與《Slow Goodbye》一樣處理戀愛題材的新作《一磅的悲傷》（1ポンドの悲しみ），主人公設定轉移到三十代都會男女，石田衣良以這兩本作品劃出日本都會二十代與三十代男女的愛情代溝。

乾淨冷調，是許多人讀完石田衣良小說後的讚歎。即使像《娼年》處理男妓題材，文字一點也不猥褻，反而異常透明美麗，這跟石田衣良文字被喻為ＰＯＰ文體脫不了關係。ＰＯＰ文體以輕口吻描述重口味，但此文體輕得有趣的文字卻有著壓倒性力量，現代日本文學在眼前這一代慢慢起了變化，石田衣良的寫作風格符合了當今文學潮流。

從東口淳久堂書店出發，穿過一個長形地下道就可抵達西口，池袋的精采在東口西口北口交織的三角地帶匯集。其中所屬的中心地帶要算是池袋西口公園了。這裡是石田衣良「池袋西口公園系列」磅礴小說的發展場所。

曾在池袋混過半年日本語言學校的我，對池袋環境再熟悉不過，常在語言學校早課過後，帶著一杯咖啡跟一塊麵包呆坐在池袋西口公園噴水池旁，觀看人來人往。東京的都市發展史上，池袋與澀谷並列為七〇年代東京「若者」（young people）之町，混雜程度與新宿不相上下，新宿與澀谷已被太多作品描寫過，從池袋發跡的青少年次文化，與其獨特的幫派械鬥系譜，在石田衣良筆下逐一展開的同時，池袋的特殊氣味有了象徵性意義。「池袋西口公園系列」不僅是石田衣良代表作，更是一窺池袋次文化的最佳窗口。

池袋西口公園的臥虎藏龍，表面上無法察覺，「池袋西口公園系列」彷彿把藏在池袋內裡的祕事掀了開來，身為讀者的我對池袋的移情從這一刻開始作用。曾到過的熱鬧商店街，穿越過情人旅館小巷，活生生觸及的池袋路人甲乙丙丁，隨著主人公真島誠的帶領，跌進了一個人情味四溢的未知推理世界。

活躍在這部青春小說裡的主人公雖然邊緣，卻散發著正義感與人性純粹光輝，石田衣良青春小說的迷人之處就在於此。流連於池袋街頭的邊緣族群：風俗孃（風塵女子），流浪漢，非法滯留的外國人、流氓組織、整天無所事事青少年，在這個活動場域交織出彼此共通的生命樣貌。「池袋西口公園系列」試圖以更新鮮的敘事方式，處理少女賣春、不登校（蹺課）、嗑藥、同儕虐待事件等等當今日本青少年問題，這些正是我所親眼目睹並理解到的東京盛場（都會鬧區）文化，非常重要的關鍵部分。

石田衣良並非少年得志，缺乏作家在成名前「十年寒窗苦寫無人問」的悲苦經歷，中年初試啼聲便贏得眾多喝采與文學賞肯定，石田衣良作品廣泛被日本讀者接受的程度遠遠超乎作者自身想像。

《娼年》、《池袋西口公園之三：骨音》先後被列為直木賞候補作品，《4 TEEN》終於如願摘下第一二九回直木賞，並已改編成電視劇上映。受到直木賞三度眷戀的石田衣良，作品文字仍然輕盈，口味卻要愈來愈多樣，避開冷僻純文學，朝大眾作家之路邁進。

目次

池袋ウエストゲートパーク

目白通的獵人

你是一位單身女子，有自己的工作，為了生存每天都很努力。

你從來不穿過季的衣服，鞋子全是名牌。你的衣櫥裡有幾個高級名牌包——窮盡半個月薪水買來的，它們全都錚錚發亮，沒有半點灰塵。你存摺上的數字是ＯＬ的平均存款金額。你在經濟上比較寬裕，過著小資的生活，但同時又覺得沒有什麼特別讓人高興的事，每天都感覺平凡而孤獨。

你的長相還算過得去，即使快要三十歲了，但與你最好時期的身材相比，還維持了八成左右。雖說胸部下垂了兩公分，可是誰會在意呢？又沒有機會給男人們看。

原來如此，問題就在於男人。

每天忙於工作和業餘生活的男人們為什麼會無視成熟的女性，特別是「我」呢？卻對年輕的女子卻寵愛有加，僅因為她們才二十歲出頭。

你忍受著單身的寂寞、忍受工作上人際關係的複雜、忍受青春漸漸逝去的每一天，繼續扮演光鮮、時尚的都市人。就是在這時候，一個優秀的王子出現在你面前：在路上主動跟你打招呼，或經朋友介紹的白馬王子。其實他們是披著男人外皮的帳單發送機。他穿著筆挺的西裝，非常紳士。你一看到他就知道，這人正是自己翹首盼望的發現者，只有他才能發掘出你這顆未來的鑽石，其他人都看不到這顆原石的價值。

這個傢伙用彷彿能卸掉你心中鎧甲的笑容對你說：「為什麼男人都沒有注意到你的魅力

呢？他們都是有眼無珠的傢伙，竟然看不到你迷人的光彩。」聽到這些話你就飄飄然了，經常濫用的「NO」與正確的判斷力一起消失不見。王子作為結尾的臺詞通常是這樣：

「但你的臉頰有點黯淡，你應該可以變得更加完美。現在這樣的話真是太可惜了。我們可以幫你達到一百分的美麗。」

你是不是感覺騰雲駕霧，彷彿在夢境中似的，然後就在合約上簽字、摁指紋了呢？接著，販賣美麗的商人像食人魚似的蜂擁而至。但這時你已經無法抵抗了。在這茫茫人海中，能發現你真正價值的人只有那位娘娘腔的王子——欸，這是個無可救藥的故事。

聽我說，我認為能決定自己價值的人最終還是自己。茫然等待別人發現自己價值的人，最後一定會成為別人的獵物——這就是貌似原始森林的二十一世紀高度消費社會的日本。

至於自己的價錢，可以任意定價。管它賣得出去還是賣不出去。如果你也是東京的女人，請讓那些沒有魄力的男人見識一下你的膽量。

原本以為梅雨季節就快過去了，結果這兩天推崇環保生活的東京，每一處都像是炎熱的地獄。我不喜歡空調，所以即使最熱的時候也開著窗戶睡覺。但一年中總有那麼幾天，風好像瀕臨死亡似的，紋絲不動。

我家位於池袋車站前，西一番街的正中央，整個好像被掩埋在鋼筋混凝土製成的保溫材料中，非常熱。水果店的二樓是我四張半榻榻米大的房間，睡在上面就像是睡在烤起司吐司的烤箱中，上下左右一整晚都滋滋作響地烘烤著。

在酷熱難忍的夏夜，我悄悄地徘徊在池袋的街頭。外面的空氣稍微涼些，濕度也比較低。與我小時候相比，池袋變得漂亮多了，但終究是池袋，走一圈下來，你會發現冒出了許多奇怪的店鋪。最近增加最快的是中國類的店鋪，隨處可見中華料理、中國土特產店、網咖、中文版的ＤＶＤ商店等。這也是因北京奧運會而產生的特殊需求嗎？在這條街上，好像突然掀起了一陣中國風。

那天夜裡，我漫步的地點不是池袋，而是相鄰的目白車站。我穿過西口五差路，經過池袋警署前面的道路（不自覺地微幅縮起身子），來到南池袋的住宅街。夜晚的道路基本上沒有行人。ＣＤ隨身聽中播放著事先選好的華格納序曲集（現在還不習慣用iPod）。輕撫肌膚的夜風和流入耳朵的旋律融合交織，感覺彷彿恣意徜徉在管弦樂之中。

住在東京的人應該知道吧，其實池袋和目白的街道有一百八十度的不同。目白有高級住宅區，基督教的教會也很多，還有無數樹齡逾百的老樹，而這些都是池袋所沒有的。我曾經去輕井澤玩過，當時感到那裡和目白通的氛圍很像；說不出具體的原因，但我總覺得有錢人都會聚集在有相似感覺的街道上，過著相似的生活。像我這類人只覺得那種整齊劃一的生活很悶。

❦

穿過目白站前面的橋，來到小學前的銀杏樹林蔭道上。沿著目白通走，可以看到學習院、川村學園、公立小學校，這一帶是綠意盎然的學區。但是，當我走在綠油油的銀杏樹蔭底下時，背後有種詭異的氣息襲來。

那是一種冰冷的空氣，似乎有某種不祥的東西在一步一步逼近，我來不及思考，拔腿就跑——雖然我的心地很善良，卻意外地樹敵眾多。我悄悄地暫停了單肩包裡的CD，在下一個轉角頭也不回地狂奔起來——現在哪有時間去確認敵人是誰。這條路是只能通過一輛車的左轉彎道。我跑了二十公尺左右來到小巷深處，但沒有任何人追上來。周圍僅有價格不菲的獨棟別墅靜靜地排列著。此時，我的手機突然響起，耳朵裡傳來的池袋國王聲音非常冷酷，像用乾冰做成的挖耳勺。

「阿誠，你太差勁了。剛才我一直跟在你後面，都能綁架你六次了。你太不留心背後了。」

深夜裝鬼嚇唬人嗎？國王一旦閒下來，就不會幹什麼好事。

「欺負平民有這麼好玩嗎？你的愛好還真夠怪的，崇仔。」

明知道無論我說什麼，都不會在國王的長袍上留下一絲痕跡，但我很懊悔自己亂了陣腳，才這麼回答他。

「好了，快點回到目白通來。我有一件事想拜託阿誠，所以來找你。」

真讓人生氣。市民可不是國王的玩具。

「可以是可以，不過這次的費用很高；我要狠狠削你一頓。」

崇仔發出爽朗的笑聲，簡直就像冰塊摩擦一般悅耳。

「好啊，你狠狠地削吧，多少都沒關係。我只是仲介，出場費的交涉就交給你了。」

真是服了他。那傢伙總是躲在傷害無法到達的王宮深處。我重新打開CD，倚著櫸樹的樹幹聽完一整首《唐懷瑟序曲》❶。這首曲子大約有九分鐘，而且很不錯。我試著想像從未涉足過的德國黑森林，然後慢慢地回到目白通。

沒有特別的理由，就是想讓國王等我。

---

❶ *Tannhäuser* Overture，德國作曲家華格納的歌劇。（譯者注，下略）

我被一輛Mercedes-Benz休旅車帶到街頭的千登世橋。那裡是目白通和明治通的立體交叉路口，眺望景色的好地方。在這裡可以欣賞到不錯的景色——新宿的高樓大廈海市蜃樓般浮現在夜晚的車流對面。

夏天的夜晚空氣清新，都市的夜景充滿浪漫的因子，我旁邊的國王卻擺出一本正經的面孔。或許你們會感到不解吧！為什麼此時的我身旁不是穿著夏日連衣裙、露出美麗肌膚的成熟女性呢？因為這不是戀愛小說，而是池袋的故事。

「關於剛才跟你說的那件事，這次的客戶好像很有錢呢。」

崇仔倚著陸橋的欄杆說道。他身穿今年最流行的「常春藤風格」❷服裝，上身是帶白色補丁的深藍色夾克，下身是齊膝的白色短褲。我對金錢沒什麼興趣，隨口答道：

「噢，是嗎？」

崇仔看我不太開心，反倒變得很高興，這就是崇仔令人不可思議的地方。他一點都不具備在日本社會生存下去不可或缺的一種特質——共鳴能力，這個KY❸國王。

「阿誠，你聽說過Brad宮元嗎？」

這聽起來像模特兒的名字。我沒聽說過，搖了搖頭。結果國王的態度起了一百八十度的大轉變：他雙手輕輕按住自己的臉頰，像畫圓圈那樣按摩起來，然後男高音似的提高了嗓門喊道：

「全身按摩幫你實現百分百的美麗！」

幸虧不是剛吃過晚飯，不然我可是會把吃過的中國冷麵吐到橋下的明治通上，包括海帶卷、筍乾、黃瓜條和蛋絲。欸，真是污染環境。

「雖然不知道這個名字，但我在電視、雜誌上看過他，好像是娘娘腔的全身美容師之類的。」

崇仔又變回了之前的國王，仍是一副漠然的表情。

「猜對了。正是他創辦了美麗百分百，而這次的客戶就是這個公司的受害者協會。」

「他們既然在媒體上鋪天蓋地地做宣傳，應該不會在幕後耍太多花樣，不然很快就會被逮住。」

崇仔對我的話嗤之以鼻，說道：「美容界好像是個灰色地帶。至今為止，Brad宮元的受害者協會已經有十七個成員了，損失的總金額為……」

崇仔很擅長裝模作樣。我踢了踢欄杆，吼道：「行了，有屁快放！」

崇仔狡猾地笑了笑，吐出早已準備好的數字：「六千萬。」

我驚訝得半天沒合上嘴。對於在水果店看店的我來說，這簡直是天文數字。崇仔從

❷哈佛、耶魯、普林斯頓等隸屬於「常春藤聯盟」的美國高等名校學子，在二十世紀五〇年代創造出的一種獨特的穿衣風格。

❸ＫＹ是日本的流行語，意為「不懂看人臉色」。

Prada的高檔外套內袋裡掏出手機。

「你打算怎麼辦？不如先聽聽她們怎麼說？那些傢伙的騙人手法可是很高明的。這次話題足夠你寫兩、三篇專欄了。」

我快速在腦中計算了一下。平均從每個人身上要撈三百五十多萬，他們是怎麼讓顧客自願掏出錢來的？真有魔法般的談話術或銷售技巧嗎？

「明白了，先聽聽她們怎麼說吧。」

國王莞爾一笑。

「這才對嘛。阿誠，你有一個致命的弱點，你知道是什麼嗎？」

我的弱點用一隻手都數不完，譬如：沒錢、對女生過於溫柔、跟小孩說話也會很認真、頭腦很聰明、對音樂的品味太好、甜美的笑容等等。國王走到千登世橋對面，背對著我說：

「你就是好奇心太旺盛。不管事情多麼棘手，如果有好玩的故事，你還是忍不住要去聽。那些傢伙比你想像的危險多了。」

明明是他把麻煩扔給我的。真是個隨心所欲的國王。他對著黑色的手機說了兩、三句話，又回到我身邊，說道：

「明天中午，到四季飯店的義大利餐廳。」

崇仔從頭到腳打量了我一番——下身穿著破破爛爛的天然補丁牛仔褲，上身是穿了五年、薄如保鮮膜的T恤，裡面包裹著日本男性的健康肉體。

「去高級飯店，至少要穿件像樣的西裝外套。沒有的話，我把迪奧的新品借給你。」

我回答說不用了，像樣的外套我還有。於是我和崇仔在千登世橋上分道揚鑣。那傢伙坐著賓士去了六本木，而我則沿著明治通回到了池袋。先申明，我一點都不羨慕去六本木Hills、東京Midtown❹的人。

第二天開店之後，我出了西一番街。我穿上唯一一件像樣的衣服——訂製的Zegna❺深藍色西服，這是騙子「搖滾黑幫」送給我的。老媽瞪大了眼睛，盯著盛裝的我。

「阿誠，打扮得這麼帥，是要去哪裡？去相親嗎？」

我調整了一下胸前口袋的白色手帕。絲綢手帕一條也要兩千日元。不過這種價格，即使工資少得可憐的我也還負擔得起。

---

❹均是集中了購物、餐飲、公園、辦公室的綜合大樓。

❺義大利男裝品牌。

「去目白的四季飯店。」

她用奇怪的眼神看了我一眼。

「咦，你要去飯店？」

我身邊的人好像都不能給我合適的評價，對這件事我已經習以為常了；也許他們是在嫉妒我？

「囉唆。別人要請我吃義大利麵，同時優雅地談工作。」

「咦，這次好像是比較正經的工作呢。」

穿上西裝，就覺得是正經的工作了，老年人還真容易騙。我把崇仔問我的問題又丟給了老媽。

「欸，聽說過Brad宮元嗎？」

老媽站在空調送風口的下面，點了點頭。

「嗯，好像是個苦命的孩子。聽說母子倆相依為命，他為了讓母親過得輕鬆點，高中就休學去了洛杉磯，在那裡學會最新的美容技術。之前他還在電視節目上掉淚呢，連我也被弄哭了。由於他的性傾向問題，他母親也抱不了孫子，挺可憐的。」

Brad宮元是有人氣的偽娘。被太陽曬黑的二丁目面孔❻，也有那樣的過去嗎？這背景資料還挺有用的。

「那我走了。」

我朝著池袋站走去，老媽在我的背後喊道：「阿誠，如果見到了Brad宮元，幫我要個簽名！還有幫我問問他，買除皺霜並做全身按摩的話，能不能打個折？」

如果被鄰居們聽到了，會被笑得面紅耳赤的。

「別說了。難道你還想返老還童嗎？」

老媽用響徹池袋西口一帶的聲音喊道：

「我可不是開玩笑。女人什麼時候都想保持青春，這是理所當然的。」

真是太煞風景了。我都無語了。我夾著尾巴，跑向西口的旋轉門。

四季飯店的義大利餐廳叫「ILU · TEATORO」。這個飯店被椿山莊的綠色包圍著，從窗戶望去可以看到對面的三重塔。店內裝飾全走歐式風格，與古老的三重塔混搭，反而令這家餐廳更顯高檔。江戶時代的富商別墅或許就是這種風格吧！

---

❻新宿二丁目是同性戀的集中地。

服務生把我帶到裡面靠牆的沙發。我不太習慣毛茸茸的地毯，感覺好像在雲中漫步。店內隨處可見跟小孩一般高的花瓶，其中插著好些花。半圓形的沙發上坐了三個女人，大約二十五到三十五歲左右，裝束各有特色。她們彩妝上得很漂亮，穿著貌似高檔的服飾，表情也很優雅，但讓我描述這三個人的話，僅用一個詞就能辦到，那就是：可惜！

實際上我也是這種感覺，她們離真正意義上的美麗、氣質、有品味就差那麼一步。儘管我知道她們也很努力想趕上這一步，但是，上天可是很殘酷的。

我主動介紹道：「我叫真島誠。初次見面，我聽崇仔說了你們的事。」

坐在三人中間的女人開口：「請坐。我們已經點好了套餐。」她穿著古典花樣的連衣裙。雖然臉有點長，但是三個人裡頭最漂亮的。

我靠著沙發一角坐下，這個女人接著說：

「我叫谷原奈奈枝。真島先生，主菜之前您來點什麼？」

三位女士的前面並排擺著三個高腳雞尾酒杯，杯子裡是淡紫色的酒。

「我要和你們一樣的。」

受害者協會的代表輕輕舉起一隻手，向服務生點了一杯皇家科爾。

❦

雞尾酒上來之後，我們先舉杯碰了一下，然後開始聊天。我被一種平時沒有的高貴感所包圍，不自覺地感到輕飄飄起來。奈奈枝向我介紹了她右手邊的女士——如果時間倒退五年，她一定是個大美女，可惜現在已經過了她最美麗的時期——她的風格很像私營電臺的女廣播主持人。因為膚質的關係，也有很容易長皺紋的女人，像她眼角周圍和鼻翼兩側都布滿了許多小細紋，她叫西尾美智子。最後一位女士長得極不顯眼，雖然也向我做了介紹，但我完全不記得她的名字。

「美智子的例子是最典型的，所以你先跟真島先生說吧！」

美智子歎了口氣，臉色陰沉地從桌子底下拿出些東西。原來是幾個磨砂玻璃瓶，高矮不同。美智子怯生生地說：

「這個美麗百分百的化妝水一瓶要七萬日元；這個抗衰老霜一瓶要十二萬五千日元。」

我大吃一驚。兩瓶加起來就要二十萬，我一個月的工資基本上就沒了。

「為什麼會這麼貴？」

奈奈枝插嘴道：「好像是因為含有一種精華，是從人的胎盤和臍帶中抽取出來的。對了，你看嬰兒的皮膚都非常光滑，一點皺紋都沒有，極富有彈性。」

聽她這麼一說，好像是這樣沒錯。但是為了變美而使用胎盤及臍帶，總是令人感到很恐怖。以後她們會不會像中世紀東歐某國的女王那樣，拿活生生的孕婦和嬰兒作為美麗的資源呢？譬如剖開孕婦的肚子。

「你被勸說買了這麼多化妝品嗎？」

奈奈枝噘了噘嘴唇。

「最後買了很多。美智子，你就別不好意思了，快點說吧。坐在這裡的三個人都一樣被騙了。」

美智子點點頭，脖子周圍堆積起圓形的皺紋，就像戴了好幾條項鏈。

❦

「起初，是在下班回家的路上被他們搭訕。」

美智子的聲音很細，可能是低著頭的緣故吧，聽她說話非常吃力。幸虧不是在池袋西口公園的麥當勞裡，這種情況只有在安靜的餐廳裡才可能採訪成功。

「地點是目白站前的天橋上。」那是ＪＲ飯店旁邊新建的廣場。

我鼓起勇氣問了一句：「他們怎麼跟你搭訕的？」
美智子的臉突然紅了，頭低下來。
「對方說：『您長得真有氣質，是哪個模特兒俱樂部的成員嗎？』」
太會唬人了。還有這種搭訕法呀，我下回也要試一試。
「我回答：『說實話，我只是普通的上班族，和模特兒俱樂部半點關係都沒有。』」
不知為什麼，我不願再盯著美智子看。我大約能想像之後的故事情節，因為池袋是獵人推銷員的天堂。為什麼在資本主義世界，會明確地把人分為肉食動物和草食動物呢？真是殘酷而白癡般的世界。

◈

據說，搭訕的男子與美智子年紀相仿，穿著模特兒般的窄身西裝，繫著細長如棍的領帶。黑髮梳得一絲不苟，沒有鬆垮垮的感覺。而且皮膚曬得剛剛好，說話的口氣有點偏女性化，非常溫柔。
那傢伙輕輕拍了拍手，嘴巴張成O形，說道：
「哇，真開心。世上還有像你這麼漂亮的人，真是太好了。來我們的事務所工作吧！你一定可以勝任模特兒的工作。」

當時離天黑還有一段時間，正值黃昏，美智子陶陶然地跟著那個傢伙到了目白站前的咖啡館，要了兩杯卡布奇諾。據說最近在女性時尚雜誌上，非常流行讀者模特兒，所以那個傢伙的事務所會派給雜誌社一些女性讀者。這些女性並不是大美女，所以連同性都很喜歡她們，但仔細觀察後會發現，其實她們都非常可愛，是富有生活感的成熟女性。嗯，聽起來很複雜。

那個傢伙極力誇獎美智子完全符合所有條件，之後又列舉了一些從讀者模特兒起家的有名演員，事實上確實也有幾個這樣的人。

美智子飄飄然起來。那個傢伙這才開始自我介紹。他名叫城和重，名片上有Brad宮元的大頭照，還有美麗百分百的標誌，看起來好像很值得信任。不管怎麼說，人家公司的法人還上了電視，不會做什麼奇怪的事吧？出了咖啡館，他把一輛小型的ＢＭＷ開過來，是輛不起眼的黑色325i。接著他們就去了地處目白的事務所。

事務所的辦公室是某棟有著大理石停車廊的高級公寓之一。美智子填寫了簡單的資料後，很快就開始試鏡。她被帶到一個地板、牆壁、天花板都是白色的房間，拍了存檔用的照片。那是專業的攝影，相機是數位單眼，照明設備也一應俱全。美智子第一次體驗在攝影棚裡由專業人士為自己拍照，所以當時非常開心。

「嗯，任何人碰到這種情況都會飄飄然的。」

我們生活的這個時代，是任何人都希望被別人發現的時代。真正的自我，才能、魅力以及美貌，我們希望有人發現這些，給予我們全面的肯定。每個人都希望有人緊緊地擁抱自己，說你現在這樣很棒。在這一點上，不僅是女人，男人也一樣，證據就是現在針對男性的獵人推銷員也很多。

美智子抬起頭，咬了咬嘴唇。

「攝影結束後，阿重說今天拍的照片是給出版社以及代理店看的宣傳品，製作費是十八萬日元。他還說，你一定行，只要在節、假日做兩份模特兒的工作，很快就能付清了。」

漸漸地故事發展到無可救藥的境地。蠶豆冷湯上來，即便在這樣的時刻，當季的食物還是非常美味。

「但是，他們不會就此善罷甘休吧？」

美智子點點頭，旁邊的奈奈枝插嘴道：

「模特兒欺詐的手法，是把你引到精華產品上。」

「原來如此！」

找到獵物的肉食動物不會滿足於最初的一口肉。美智子很快喝光了一碗湯，仔細地用餐巾擦了擦嘴後說道：

「阿重用手摸了摸我的臉頰，然後說：『你的皮膚很好，就是有點黯淡。對了，既然來了，我給你介紹一下Brad老師吧。他可是個天才，瞬間就能消除皮膚的黯淡或皺紋。』」

幸虧這個叫阿重的男人沒有搭訕我老媽，運氣不好的話，可能我家店的所有權證都變成那個天才美容師的囊中物了。

「我就是個傻瓜，聽到名人的故事就變得很興奮，之後體驗了美麗百分百店內的瘦身、除毛、臉部按摩等所有項目，還買了很多化妝品和保健食品。那些積蓄可是我省吃儉用存下來，準備結婚用的。」

美智子眼睛裡隱約含著淚水。奈奈枝把手放在她的肩膀上，看了我一眼。我問了個很難啟齒的問題。

「那麼，你到底被美麗百分百公司騙了多少錢？」

美智子從金黃色的香奈兒包包裡掏出手帕，好像要從眼角吸走眼淚似的擦了擦。她長歎了口氣說道：

「超過六百萬日元。」

「啊？」

我也歎了口氣。說她傻吧，真的沒有比她更傻的了，但如今的社會，誰也不知道什麼時候會被騙子給騙了。看看那些相信政治家的諾言而投票的選民就知道了。

「我上班之後就開始存錢，這是我八年存下來的血汗錢。我父親去世得比較早，所以結婚的時候不能指望家裡。我存了這些錢準備結婚用，現在全沒了。」

或許是我老爸也已經去世的緣故，聽到這類話題，我比較容易動情。

「那麼，他們讓你當模特兒了嗎？」

美智子搖搖頭。

「皮膚黯淡等問題解決了嗎？」

她又搖搖頭。

「那減肥、除皺呢？」

這次三個人一齊搖頭，就像整點報時的木偶時鐘。

「那些傢伙不太好對付呀！」

這是我的真實想法。身為男人的我不知道如何對付美容沙龍。

雖然是中午的套餐，但分量卻很多，蘆筍焗飯上蓋著烤得黃燦燦的牛里脊。有那麼一會兒，我們專心地吃著飯。如果再談論Brad宮元和美麗百分百的話題，這麼豐盛的義大利料理也會變得食之無味。再次打開話匣子，是在甜蜜芒果冰淇淋上來之後。

只是點頭、一直沉默不語的Ms.平凡砰的一聲把小勺扔回玻璃容器，說道：

「真想殺了Brad宮元。」

外表老實的女人無一例外都很殘暴。這是我發現的真理，你也可以儘管拿去用。我掃了第三個女人一眼，然後向奈奈枝問道：

「但是，你們既然成立了受害者協會，是打算走法律途徑起訴他吧？」

受害者協會的代表低下了尖尖的下巴，露出愁眉不展的表情。

「本來是打算那麼做，所以今天早上和律師談了一下。」

這樣的話就不需要我出場了吧。剛想著真幸運，結果卻聽到意料之外的回覆。

「律師說，『雖然可以提起訴訟，但美容界已有很多相關判例，讓對方全額返還是非常難辨的。』況且，我們也接受了服務，還是自願簽下的協議。」

我絞盡腦汁地回想在某本週刊雜誌上讀過的、少得可憐的與消費者問題相關的知識。

「對了，有一種制度叫做鑑賞期❼，好像是簽約後的一周還是多少天內可以解除協議。」

「八天。」代表說道。

同時美智子也開口說：「我也擔心最後的結果，所以在鑑賞期試著打電話給阿重。結果他說他正在國外出差，人不在公司，而公司不太清楚每個客戶的資訊，所以沒有辦法處理；最後就這樣不了了之。」

銷售中常見的不誠信處理方式。

「律師還說，即使提起訴訟也要花很長的時間，而且返還的金額遠遠低於期望值。律師費也不能小看。我們還和媒體接觸過，向他們反映了這件事。」

這時，Ms.平凡突然又冒出一句：「我想用刀捅Brad宮元。」

我再次不理睬這個殘暴的女人。

「那麼，你們想要我做什麼？我不像警察可以搜查他們，也不像律師，可以幫你們奪回財產。不好意思，我對你們的麻煩真的無能為力。」

❼ Cooling off period，也可翻成「猶豫期」，在此期間，消費者可以撤回自己的承諾或解除協議而不負違約責任。

這樣的話，談判就談僵了吧。我一邊喝著義式濃縮咖啡，一邊想著今天的午飯必須要自己掏錢。我一周的午飯錢就這樣悲慘地消失了。

「請等一下，真島先生。」

奈奈枝用求救的眼神看了我一眼，然後把頭低到桌子上，一副拜託我的樣子。美智子看到後，也低下了頭。剩下的Ms.平凡只是在嘴裡嘟嘟噥噥地說著什麼，直勾勾地瞪著我。

「如果繼續這樣下去的話，就在今天，也會產生像我們一樣的受害者。Brad宮元在電視上繼續談笑風生，而受害者當中絕望的人或許會結束自己的生命。」

惡人輕易地飛黃騰達，正義卻重重地沉下去，在二十一世紀，這是很常見的故事情節。

奈奈枝的眼睛閃閃發光。人的臉部會隨著表情改變，本來覺得美中不足的女人，豁出去的時候看起來反而更加美麗，真是不可思議。

「拜託你了，真島先生。我們想讓大家知道那個傢伙的真面目。請你讓大家看看宮元背地裡做了哪些壞事，把它們全部抖出來。」

剝掉偽娘這個大惡人偽裝的外皮——感覺很像池袋故事的情節。或許我可以做些什麼。

「明白了。雖然不能保證順利，但我會試一試。」

奈奈枝崇拜地看著我，擔心地說：

「那報酬，你需要多少呢？」

我想起崇仔開的玩笑，可以狠狠地削她們一筆，但不知為什麼，一提到錢我就變得有潔癖。我看了看飯店餐廳的白色水泥牆和毛茸茸的地毯，窗外是三重塔和初夏的綠色。

「既然今天你們請客，我就不收費了。之後如果有其他開銷，我會找你們報銷。不過我一般都不花什麼錢。」

奈奈枝和美智子鼓起掌，非常高興，而Ms.平凡又冒出一句：

「真想捏扁Brad宮元。」

我喝完最後一口義式濃縮咖啡，回答：

「好的，好的。」

我們交換手機號碼和電子郵件信箱後，就在飯店的大廳分開了。我在目白通上隨意逛了逛，朝車站的方向走去。接下工作倒沒什麼，但現在我還沒想到任何主意。今天陽光非常強烈，性急的蟬早早在銀杏樹上鳴叫起來。剛接受工作的時候總是這個樣子。之後一邊放上自己喜歡的ＣＤ，一邊在看店的空檔認真思考對策就行了。我屬於二低族群——學歷低、年收入低，在貧富分化的底層生活著，但用自己的腦子思考問題的時間卻有一大把。

走著走著突然發現，前方正是美智子被搭訕的目白站前廣場。反正順路，也不是太遠，於是我決定親眼目睹一下美麗百分百的手段。

不過，雖然受害者非常慘，但搭訕的一方也處於社會的底端，一樣很慘。

目白站有著三角形屋頂、尖尖的部分鑲嵌著彩色玻璃，是童話風格的車站，這一點與池袋大不相同。橫跨山手線和埼京線的天橋上方是一個廣場，總有很多學生來來往往。

我呆呆地坐在商務旅館的花壇邊上。在遠處廣場中央的路燈下面聚集了四個西裝革履的男人，他們一律穿深色的西裝，但總感覺衣服很廉價，與正經的上班族服裝不同；所有的人都曬得很黑。比起在運動中曬黑，他們更像是用機器強迫、均勻地曬出來的，有種整齊劃一的感覺。

年長的男人簡短地說了幾句後，這四個人散開了，開始搭訕從地鐵口出來的女人。他們好像不選擇對象。大多數情況都會被乾脆地拒絕掉，但其中也有幾個獵物停下腳步聽他們說話。此時，男人們大都把兩隻手交叉在胸前，以女性化的手勢拚命開始勸說。一旦成功地一對一，援軍很快就會湊過來。在站前廣場上被兩個男人讚美的女人臉都紅了。掉入他們的圈套僅僅是時間問題，受害者協會的預備軍又增添了一名。默不出聲地看著獵人狩獵的現場，感覺挺有趣的。

我觀察了近一個小時，這時開始有行動了。他們想把一個女人帶去咖啡館，她卻突然生氣起來，拋下獵人，自己跑向地鐵入口的方向。或許這個年輕男人說了什麼刺傷女人的話。

「你這個傢伙，究竟做了什麼？」

沒想到說話的是剛才像在玩比手劃腳遊戲似的、一直用手指指揮的男人。當領導的那人突然打了年輕獵手一巴掌。臉被打腫的年輕人站直後喊道：「對不起，謝謝您的教誨。」

美麗百分百的公司，好像某種嚴格的體育團隊。

男人們又回到尋找獵物的搭訕工作中。我從陰涼處的花壇邊站起來，走向剛才被打耳光的年輕小鬼。接近傍晚時分，地鐵口出來的人增加了不少。我從背後悄悄地對他說：「真是有夠辛苦呀！」

小鬼轉過頭來，未露出一絲笑容。男人對他們沒有什麼用吧。他瞪著我，把我的裝扮看在眼裡。我輕輕地低下頭：

「對不起，剛才我一直在看這邊。你的工作怎麼樣？能拿到抽成嗎？」

曬黑的小鬼好像不明白我在說什麼。

「呃，我現在被迫做上門推銷的工作，但是不管我怎麼努力，薪水卻一點都沒漲，因為不是按績效抽成，所以現在正在苦惱要不要辭掉這份工作。」

小鬼扭過頭去，重新把目光投向出閘口的人群。那是尋找獵物的視線。

「雖然我們是抽成制的，但工作可不輕鬆。必須絕對服從上面的指示。即使被打也不能有任何怨言。」

我裝成一個只關心錢的傻子，說道：「但你們是抽成制的，真令人羨慕。」

小鬼覺得我在妨礙他的工作，好像很焦躁。

「真囉唆！不要站在這兒了。我們公司在網上有招募廣告，在Brad宮元美麗百分百的網站上也有，你自己去看吧；我事先聲明，我們這邊職位的競爭也很激烈。」

我一鞠躬，站直身後說道：「明白了。謝謝前輩。」

我從可憐的小鬼那裡得到了好主意。我的感謝不含任何雜質，非常地真誠。

❦

我不想坐傍晚高峰時間的山手線，於是順著電車沿線走回了池袋。沐浴著夕陽走在這樣的街道上，讓我想起自己的小學時代。放學後不想回家，我就一直順著電車沿線的小道無精打采地走下去。當時有種心裡某處破裂開來的感覺，非常地悲傷。即使變成了大人，也沒有什麼大的改變。小時候因班上的朋友關係而煩惱，長大後為如何應對做壞事的獵人而煩惱——沒有任何進步的無意義煩惱。

快走到藝術劇場時，我的手機響了。

「喂，阿誠。」

崇仔冰冷的聲音把夏日的夕陽吹得無影無蹤。

「面試好像順利結束了吧。聽說你已經決定接受這份工作。」

應該是受害者協會的人聯繫他了。

崇仔笑著說：「這次你沒有狠削她們一頓？」

帶著嘲諷語氣的國王。

「別開玩笑了。那些女人連結婚準備金都被掏空，怎麼可能還收她們的錢？」

就像雪堆起來悄無聲息一樣，國王不著痕跡地笑了笑，「想好對策了嗎？」

「那還用說。」

我把剛剛在目白站廣場上想到的點子告訴崇仔。電話另一頭，崇仔發出一陣乾乾的笑聲，就像高原的風。

「有點意思，你打算去當潛伏的獵人。阿誠嘴甜，或許能賺不少錢。」

我有太多的才能，以至於都不知道該展示哪個了，但為什麼我的年收入僅有兩百萬日元呢？接下來，崇仔說了句令人難以置信的話。

「面試是什麼時候？」

「面試？我連他們的網站都還沒看過，也沒有任何聯繫，怎麼可能知道？」

「所以，你快點安排好。我這邊還有很多不能改動的計畫。」

什麼意思？我快走到西口五差路了，發現今天也有很多戀人在丸井店前碰面。我問了個很傻的問題：

「崇仔，難道你要陪我去面試嗎？」

電話另一頭，國王長長地歎了口氣。

「真搞不懂你這傢伙。我剛才不是說了嗎，我也要去面試。」

由於國王常一本正經地說笑，我也搞不清楚崇仔是不是認真的。

「池袋的國王要當獵人嗎……」

崇仔氣憤地說：「今天各個團隊都收到了請願書。G少女那兒投訴Brad宮元的人數又增加了，現在損失的金額已經達到一千萬日元的重量級；我們G少年當然不能坐視不理。」

這次輪到我大笑了。丸井店前的年輕女生用奇怪的眼神看了我一眼。

「我們是絕配的搭檔。如果崇仔和我一組，或許能成為日本第一獵人呢。」

崇仔也毫不示弱，瞬間用冰冷的聲音回覆：「絕對沒錯。我的長相加上你滔滔不絕的口才，一定是最強組合。面試定下來後，打電話給我。」

國王不快地掛斷電話。我先得一分。

那天晚上，我在店裡的CD播放器裡放了普羅科菲耶夫❽的《羅密歐與茱麗葉》，但講述的不是莎士比亞淒美的愛情故事，而是描述現代神經質戀人們的芭蕾舞曲。〈騎士之舞〉這一樂章還被用在某個手機廣告上，我想你肯定也一聽就能認出來。這是一首憂鬱、諷刺的

❽ Sergei Prokofiev, 1891-1953，前蘇聯作曲家、鋼琴家。

舞曲。

在我聽音樂的時候，老媽正在看Brad宮元長期主演的一檔節目，主持人全扮成女裝。這是一部加了很多罐頭笑聲的喜劇。Brad正在幫一名模特兒做消除眼角小皺紋的按摩，但這位模特兒本身就很年輕，根本沒什麼皺紋。

「好了，好了，百分百美麗完成了。」

攝影棚似乎大為沸騰。這時，我想起那個被搧了耳光後還站直身子鞠躬答謝的小鬼。這個世界上還真是有各種各樣的生意。

那天晚上我關了店之後，開始上網看美麗百分百的網站。首頁是Brad宮元女孩子氣的矖黑臉龐特寫，唯有牙齒像塑膠一樣潔白。他的眼睛空洞得像顆玻璃球。大多數網頁內容都是介紹精華素或化妝品的，只在畫面一角有則急徵約聘人員的橫幅廣告，一閃一閃的。點擊後轉到招募說明頁。我看到第一行，禁不住放聲大笑起來。

「加入我們吧！容貌端正、有遠大抱負的美男子。」

感覺就像專門為我和崇仔設計的。

透過郵件往返和電話聯繫，最終定下來兩天後的面試，地點是目白的美麗百分百總部，時間是上午十點過後，好像需要穿西裝、打領帶。我通知了池袋國王，等待大後天的到來。

既然要去面試，就順便做一下全身按摩，調理一下皮膚吧！做臉部護理時，聽《羅密歐與茱麗葉》是非常匹配的音樂。但我又考慮到，這一次僅憑我和崇仔的組合還不夠，Brad宮元很會利用媒體的力量，我們也需要以其人之道還治其人之身。

因為我們必須在全日本公開那傢伙的真面目。池袋國王的能力僅局限在某個區域，這是遠遠不夠的；而我只是一個水果店看店的，不認識電視臺的導演之流。

那麼，我該怎麼辦？

面試當天一大早就萬里無雲。我和崇仔在目白站碰面，依照事前約定的時間到了美麗百分百。這間店位於一棟多層樓的高級公寓中，外頭的立面鑲嵌著粗獷的褐色砂岩。他們改造了一樓和二樓，分別用作美容店和事務所。我們去了位於二樓的事務所，前臺有個曬得黝黑的男人衝我們揚了揚下巴，要我們去會議室。走在鋪著地毯的走廊上，崇仔悄聲對我說：

「他們的接待太差勁了。這間公司不行。」

會議室大概有四十張榻榻米大小，四個角落放著天堂鳥的大盆栽。會議室中間有三十個站得筆直、動也不動的獵人。站在最後面的是前幾天告訴我網址的小鬼。看到我，小鬼說：

「晨會馬上開始了。去靠牆站著，說話或亂動的話小心挨揍。」

真嚇人。我和崇仔雙手在身前交握，靠著牆站好。裡面的門打開來，一個粗大的嗓門發出號令。

「立正。Good morning, sir!」

「Good morning, sir!」

這哪裡是什麼銷售美麗的沙龍，簡直是新兵訓練營。Brad 宮元慢慢走上高出一截的舞臺，白色西裝搭配黝黑的臉。

「從上周的數字看，我們沒有達到目標的九〇％。我覺得很遺憾。」

與電視上的偽娘完全不同，他的聲音非常雄厚；那一套果然是營業用的。

「你們不要讓我失望。聽好了，下周不管你們採取什麼手段，都要給我抓到獵物。聽明白了嗎？」

男人們洪亮的回應充斥著整間屋子。

「Yes, Brad!」

真是服了他。接下來，宮元把視線落在手中的筆記本上。

「Jeremy, Simon, Leo，到前面來。你們是本周的前三名。」

三個穿著深色西裝的獵人登上舞臺，在老闆面前棍子似的直挺挺站著。宮元依次擁抱了這三人。他一定是《教父》看太多了。接下來，他把厚厚的一個信封交到他們手中。是他們取得好業績的獎勵吧？只要有手段，好像能賺不少錢呢。

「Ian, Jeff, Axel，到前面來。」

叫到Axel時，那個小鬼依然保持挺直的姿勢，小步跳到舞臺上，身體還在微微顫抖。這三個人上了舞臺後，Brad宮元慢慢地把黑色的皮手套戴到右手上，拳頭的內膽是高彈式墊子，是一款搏擊手套。

「你們這些傢伙的銷售數字上周是零，真是太丟臉了。我幫你們加把勁吧。聽好了，打人的人，手也很痛，你們應該感謝我。」

最先受罰的是Axel這個小鬼。Brad宮元首先用左手輕輕拍了拍他的臉，引開他的注意力，然後用重重的右勾拳直擊他的側腹。Axel被打得跪在地上，捂著腹部，好一陣都起不來。Brad溫柔地撫摸倒下去的小鬼的頭。崇仔好像很佩服的樣子，小聲說了句：

「看樣子打人打多了，駕輕就熟呢。」

重擊的聲音和極力壓抑的呻吟又連續響起兩次。這些男人一邊用手捂著腹部，一邊深深地低頭說道：

「謝謝您，Boss。」

我現在終於明白小鬼那天說的話了。這裡雖說是抽成制，卻輕鬆不起來。此時，舞臺上Boss的視線轉向這邊，招手叫我們過去。雖然感覺非常不爽，但我還是不情願地走向前方的舞臺。

崇仔和我雙手交叉在背後，筆直地站在Brad宮元面前。

「你們兩個是新來的嗎？」

我們來事務所之後，還沒和人認真地說過話。他們也不給員工做筆試題或確認身分嗎？Boss打量了我和崇仔，好像要舔遍我們全身似的觀察我們。我身上是之前穿過的深藍色Zegna，崇仔則穿著Brooks Brothers❾的新款，Black Fleece系列，炭灰色的常春藤風格西服。而我的是正統的經典義大利風格。那傢伙對崇仔說：

「從今天開始你就叫River了。」

崇仔不愧是專業演員，立刻敬禮回答：

「Yes, sir!」

接下來宮元冷冷地看了我一眼，說道：

「至於你，對了，就叫Colin吧。」

雖然我知道Brad宮元很喜歡看好萊塢的電影，但憑什麼崇仔叫瑞凡・菲尼克斯⑩，我卻叫柯林・法洛⑪呢？真是讓人無法接受。那張猴子臉，怎麼想都覺得和冰高組本部長代理猴子的臉很像。我也大聲地回答：

「Yes, Brad!」

像我這樣的美男子，又會搞笑，怎麼能輸在聲音大小上呢？

---

⑨ 美國布克兄弟，創立於一八一八年，近兩百年來秉承著優質用料、服務至上及不斷創新的精神，堪稱美國經典衣著Style的創造者。Brooks Brothers服裝品牌與桑姆．布郎尼（Thom Browne）合作，設計了一系列男裝、女裝高級成衣，取名為「Black Fleece」。

⑩ River Jude Phoenix, 1970-1993，美國好萊塢演員，代表作有《伴我同行》（Stand by Me）、《男人的一半還是男人》（My Own Private Idaho）、《聖戰奇兵》（Indiana Jones and the Last Crusade）、《我真的愛死你》（I Love You to Death）、《春色一籮筐》（Dogfight）等。

⑪ Colin James Farrell, 1976-，美國好萊塢演員，代表作有《猛虎島》（Tigerland）、《關鍵報告》（Minority Report）、《哈特戰爭》（Hart's War）、《邁阿密風雲》（Miami Vice）等。

晨會結束後，我們被帶到研修室。領路的是Axel。在走廊上，我跟小鬼搭話：

「這裡好像非常嚴格呀。」

Axel小鬼的臉都變白了，轉頭回答道：

「銷售額必須增加，下周該輪你們上場了。」

培訓室是一間冷清的小屋，僅放了一台液晶電視和DVD播放器。Axel把光碟放進去，說道：「上午你們就看這部影片吧。上面有本店美容基礎服務和商品說明。」

崇仔敬禮道：「Yes, Axel.」

「Boss不在的場合，不要這樣做。不覺得噁心嗎？誰是Axel呀，我明明有日語名字的，我叫篤人。我先走了。」

離中午十二點還有九十分鐘，剩下的這九十分鐘變成了虛假美容業務宣傳短片的觀影會。

崇仔說道：「如果把早上例會的鏡頭公諸於世，Brad宮元的形象一定會毀於一旦。」

Brad在短片中用令人發麻的聲音介紹自己發明的全身按摩。營業男做到這一點也實屬不易了。

「但是，怎麼才能拍到那個畫面呢？晨會時有三十個員工呢！」

國王非常淡定，冷冷地說：「這個按摩真的管用嗎？想辦法解決拍攝問題應該是你的工作吧。快點去幹活兒，Colin。」

如果狠狠給國王一拳的話，一定很痛快。欸，忠誠的臣子最痛苦了。

第一天，我和崇仔就被派去站馬路，地點是目白站前的廣場。在七月的某個下午，雖然比最熱的酷暑天好一些，但我很快就汗流浹背。不過，公司不准脫掉西裝外套。

汗水一滴滴地從額頭掉下，我開始向經過車站的女生搭訕。她們一定覺得很不舒服。對不起了，高級住宅區的女性們。在下午的六個小時裡，只有兩個人肯停下腳步聽我說話。但就連這兩個人，一聽到我講美容的話題也立即跑開，不讓我白費口舌。

即使做捕獵的工作，崇仔也還是國王。他一個接一個地與女生搭訕，並且絕大部分都成功了。就只和她們站著說了五分鐘的話，那些女生就滿臉通紅，還把手機號碼和電子郵件信箱留給了他。美麗百分百的獵人可以不用當場把這些女人帶去攝影棚。這種先打聽到聯繫方式，過幾天再慢慢勸說直至對方落網的方法，被他們稱為「燕返術」，並被當作祕笈。

當天下午的戰績是，崇仔拿到十四個獵物的聯繫方式，而我一個也沒有。

就連當獵人也明顯有才能上的差別。上帝真是不公平。

半天下來我和崇仔已經累得疲憊不堪。在回家路上，我們去了池袋大都會飯店的酒吧。其實去哪兒都行，我們只想在一家開足空調的店裡好好喝一杯。崇仔好像也很累，臉都變尖了。我們在吧台要了兩杯生啤，這可是生命之水呀！

「從女人那兒要信箱沒什麼難的，但一整天都站在太陽底下的工作可讓人受不了。」國王一口氣喝了半杯啤酒，轉向我說道：

「對了，你想出什麼好主意了嗎？」

怎麼可能想得出來？光是向女生搭訕就已經很勞神了。對我來說，與站在太陽底下相比，如何向女生搭訕反而是個大問題。我不習慣泡妞。

「對了，你是怎麼問出她們的手機號碼或郵件信箱的？」

崇仔一動不動地盯著我，然後突然笑出聲來。

「你就是想太多了，譬如別人會怎麼看你、如何展現自己好的一面。如果你先考慮自己而不是對方的話，本來可以順利進行的事反而會不順利。我覺得自己怎樣都無所謂，女生的聯繫方式也無所謂，我只把意識集中在對方的反應上。」

先不說River和Colin在長相上的差別，原來我們的關注點就不一樣。我發牢騷道：「再這樣下去的話，下一次晨會被Brad宮元毆打的一定不是別人，而是可悲的我了。」

我等著崇仔發出大笑，看了他一眼，結果發現他只是靜靜盯著我。他一臉嚴肅地說：「那樣的話或許不錯。你挨Brad的排頭，我接受表揚，我們倆都站在臺上的時候，就可以偷拍他。」

不壞的主意。崇仔抿嘴一笑，對我說道：「我們認識的人當中，最擅長偷拍的是誰？」

答案不言自明。有一個經驗豐富的小鬼陪我們一起多次經歷過危險。

「住在江古田的電臺男。」

國王點點頭，喝光了剩下的啤酒。

「快點聯絡他。偷拍的機會只有一次，那就是下次晨會。之後我可不想當計時工在那兒當獵人了。聽人嗲聲嗲氣地叫我River，讓人很生氣。」

「Yes, sir, River!」

聽了我的回答，崇仔露出明顯的不耐煩表情。本來想主意是我的工作，但這回徹徹底底敗給了崇仔。不如把本故事的主角讓給他，我乾脆隱退吧！

看到門口的名牌，我終於想起來了，電臺男的本名叫波多野秀樹。他留著蘑菇頭，是一個電波宅男。電臺男的房間還是和以前一樣，電子器材堆積如山。工作架上有測量器和電腦，攝影裝備像數位3D地層似的，一直堆到了屋頂。我向電臺男解釋了這次的工作環境，要在敵人當中偷拍。他攏了攏前劉海，說道：「那個短片需要多高的解析度？」

他好像對拍攝時的危險情況完全不關心，儼然已經接受了這份工作。

「不知道。現在還沒決定如何使用這個影片。」

「現在都是數位地面廣播電視，所以如果畫質要達到在高解析電視上播放的標準，器材和照明等等會有很多問題。」

我想起Brad宮元那優雅的微笑。

「其實沒必要很清楚。只要看清楚拍的對象、對方做了什麼就行。」

電臺男好像有點不高興。在電腦螢幕前，他把兩隻手盤到腦後，遺憾地說：「原來是這樣呀，不會在電視上播放。」

我沒有在電視臺等媒體播放的門路。我們只是生活在池袋街道底層的群體。電臺男嘟嘟噥噥地說了什麼，忽然冒出一句：「這樣的話，我們可以把它上傳到視訊網站上，比如Youtube、Niconico動畫[12]等；那些網站不要求太高的解析度。」

我情不自禁地鼓掌叫好。我完全忘了還有這種網站。Brad宮元有贊助商贊助的電視節目，而沒有名氣的我們則有免費的視訊網站。如果我們拍下那個偽娘，一個超級有魅力的美容師以極其男性化的姿態毆打手下的短片，不知會有多少出乎意料的點擊量。現在任何人都可以自由開啟視訊短片。高科技萬歲！媒體的民主化萬歲！

「謝謝你的好主意。我們要把展示Brad宮元本來面目的影像上傳到日本所有的視訊網站。電臺男，請準備好一套設備，並教我和崇仔如何操作。一周後，即下一次晨會時，我們就行動。」

電臺男好像非常高興，或許他從骨子裡就比較喜歡高科技的整人遊戲。

「好。我會讓你們見識一下我的功力。關於那個影片，能否以兩部相機拍攝，然後我做後製，並配上音樂？」

我忍不住笑了。這傢伙還是一個視訊加工大師。我開心地說：「沒問題，但音樂請用普羅科菲耶夫的《羅密歐與茱麗葉》。」

這次行動都是靠別人出的主意才能進行到最後，所以配樂時考慮一下我的興趣也沒有關係吧？

⓬ニコニコ動畫，是Dwango公司提供的線上影片分享網站，常被簡稱為Niconico或Nico，與Youtube等影片共用網站相似。

第二天還是站在目白站前。Axel也和我們一起，小組長是騙美智子上當的Joe。讓我鬱悶的是Axel和Joe一整天都對崇仔畢恭畢敬的。Axel竟對崇仔用尊敬的稱呼，叫他「River先生」，而還是叫我「Colin」。由於「燕返」的聯繫地址數量會直接計入他們的業績，所以他們這麼做或許也是無可厚非。總之，崇仔現在是美容詐欺獵人中的金牌新人。

我為了保持最低成績紀錄，不停向女生搭訕，然後再放她們走。已經是第二天了，我也已經習慣搭訕，有時稍不留神，女生竟然會主動告訴我聯絡地址。此時，我一般都會硬起心腸、放走這些心地善良的女孩。我不想再增加美麗百分百的受害者了。

第二天終於混過去。我回到西一番街的家裡，穿著西裝就躺在床上。洗澡之前稱了一下體重，發現剛好減了三公斤。

這樣的話，我還不如寫本獵人減肥書。

現在的時代，任何人都說不準什麼書會暢銷起來。說不定我的創作能成為百萬暢銷書。

之後的幾天也順利度過了。其間連續數日都是陰天，炎熱暫時告一段落，這是最幸福的事。雖然氣溫僅下降了五度，室外工作卻變得輕鬆許多。像鈴木一朗⓭的打擊率似的，崇仔刷刷拿到女生的聯絡地址，我則頑強地死守打擊數為零的紀錄。雖然這麼做也是一件非常辛苦的工作，但沒有人會給予肯定。

要說有什麼異常，就是在我們之後進來一個小鬼。那傢伙看到我的臉，瞬間表情就變得很奇怪，然後他與負責高田馬場站前的小組一起離開會議室。他看到崇仔時倒沒什麼反應。我對這個叫Luther的小鬼沒什麼印象。崇仔在去目白站的途中，繃著臉說：「我老覺得剛才的事不對勁。我們要不要給那個Luther一點兒顏色瞧瞧？」

我和崇仔在池袋這一帶是名人，不能否認我們可能被認出來了。但我還是制止了國王。

「不要這樣做。離晨會只剩兩天，最好不要節外生枝。」

「是嗎？」

崇仔把臉轉向一邊，我看不到他的表情。不過後來發生的事證明是我判斷失誤。由於再過兩天就可以偷拍，我過於謹慎了。如果當時就把那個小鬼綁走、把他扔在哪個山上待

⓭鈴木一朗，一九七三—，又被稱為Ichiro。日本愛知縣西春日井郡人，效力於美國職業棒球大聯盟西雅圖水手隊，曾創下連續七年都取得打擊王的日本紀錄。

兩天，再把他放出來就好了，後來發現這才是正確的做法。接連的失敗會奪走人正常的判斷力。如果我再認真勸說一下那些女生就好了。

❦

晚上已經向受害者協會的代表彙報過幾次。奈奈枝聽到上傳視訊網站的主意後，非常高興，她們也沒想到還有這種手段。

「我們見面後，我和某個電視臺的報導記者碰過面。」

「哪個電視臺？」

奈奈枝說出了與播放Brad宮元節目的頻道為競爭對手的電視臺名字。

「那麼，如果我們準備好受害者的實際情況和影片的話，他們或許會感興趣。」

「是呀。但是真島先生，你為什麼這麼拚命地幫我們呢？」

其實這個問題，我躺在床上的時候也想過。窗戶大開，池袋街道上的嘈雜聲傳進來。沒有什麼理由，只是內心有個聲音告訴自己，這是應該做的事。由於解釋起來太麻煩，我隨便找個理由搪塞：「不只我，崇仔不也很努力地幫你們嗎？」

奈奈枝噗哧笑出聲來。耳邊傳來女人的輕笑聲真是美好。

「安藤先生和你不一樣，他可是從我們這兒收取了好一筆報酬。」

又是這樣，僅僅是我們自己在逞英雄。不過我只是一個零星的個體，而對方要運營一個組織，所以或許也是沒辦法的事。最後我說道：「對了，我常常在想，人們總是說必須要被別人挖掘，否則就沒有價值。其實這種說法沒什麼道理。受害者協會的每個人都有自己的優點，大家都有自己的魅力；其實，你們沒必要跟著別人強加的魅力標準走，不用受它的擺布。」

電話那頭沉默了一段時間。女人們總是模仿雜誌或電視上宣傳的美麗，追隨這股潮流生活，把和自己迴異的形象當作理想，擁有這種想法的人生也很可悲。奈奈枝輕輕地說：「你的意思是在自己的內心構建美的標準。或許這才是正確的做法。謝謝你，阿誠。」

即使我不擅長收集女生的聯絡地址，但如果大家都這樣感謝我的話，我也覺得值得了。像收集女生地址這種簡單的事情，交給型男國王去做就好。

晨會是在某個週五，早上七點我們就在西口公園門口集合。

天氣預報說今天將會是個高溫的日子。我和崇仔的獵人角色在晨會後就會結束，所以再怎麼熱也不關我們的事了。在公園一角停著的Mercedes-Benz休旅車上坐著G少年的駕駛、崇仔、我以及電臺男。電臺男兩眼發光。

「這個攝影機是專門為上傳到網路所設計的特殊型號。雖然畫素一般，但在部落格上播放的話已經足夠，存儲設備是可攜式ＳＤ卡；總之這台攝影機的機身非常小。」

我看了一下手中的攝影機。它的大小與手機差不多。

「還有，它最厲害的一點是聲音極小。由於它在固態硬碟上錄影，所以無需像磁帶或碟片那樣轉動讀寫頭；因此它最適合偷拍。」

機器專家可真幸福。如果這個世界像攝影機一樣單純就好了。

「把超小型ＣＣＤ攝影機放在西裝口袋或領口處，之後確定站在什麼位置，以及畫面調整到多大；影像倒沒什麼可擔心的。」

電臺男很興奮，攏了好幾次劉海。

「最難的是如何錄製清晰的聲音。聲音比較難錄。不過這邊還有數位錄音的好設備，完全可以正常錄音，與一般的ＣＤ相較，音質較好；它是一款可以錄身歷聲的線性ＰＣＭ答錄機。」

電臺男掏出一個比攝影機稍大一些的答錄機。「嗯，作為備用也給你們裝上ＩＣ答錄機，但就聲音效果，還是ＰＣＭ的好得多。」

崇仔苦笑了一下。「知道了，知道了。快教我們操作方式吧。」

雖然不喜歡在Zegna的上衣裡面挖個洞，但為了安裝如小孩小指甲般大小的麥克風和CCD攝影機，也沒有其他辦法。器材分裝在上衣的內袋和褲子的後口袋處。兩個都很迷你，基本上不會破壞西裝的線條。

之後我們出了西口公園，做了好幾次彩排，我拍崇仔，崇仔拍我。練習了兩、三遍後，感覺已經夠了。我們需要的不是藝術性上多有成就的鏡頭，而是真實的、紀錄片式的暴力畫面。

彩排結束後，我們離開了搖曳著縷縷夏日熱氣的圓形廣場，回到開著冷氣的車上靜候時機到來。一周的辛苦和勞累終於可以得到報償。

在車子駛往目白車站的途中，崇仔說道：「這次的拍攝工作應該不會太危險，但為防萬一，我已經吩咐G少年中的十名幹將分散在建築物周圍。或許用不到他們，就把他們當作後援吧。」

我回答說知道了。我們提前三十分鐘在千登世橋下車，然後走向美麗百分百。由於緊張，我口渴得不行，而崇仔還是一如既往地保持他的冷酷表情。真不知道他的心臟是什麼做的。

早上十點整，例行的晨會開始。Brad宮元登上舞臺後，我們這些獵人站得筆挺地喊道：

「Good morning, sir!」

那個傢伙簡單地說了兩句，然後開始叫成績優秀者的名字。「Simon, Thomas, River。前三名到前面來。」

崇仔在我旁邊輕輕點了下頭。剛才我們已在廁所裡相互檢查過，確保打開了口袋裡的機器開關。崇仔朝舞臺走去，靜靜地登上舞臺，保持良好的姿勢等待著。Brad宮元拍了拍崇仔的肩膀。

「River，我原來就覺得你一定行。恭喜你。」

Brad把一個白色信封遞給他，底下響起了掌聲。個人表揚的流程結束。接下來是嚴厲的懲罰時間。

Brad一邊戴上格鬥用的手套，一邊大聲叫嚷：「Axel, Chris, Colin，你們這些傢伙還想不想混？快點滾過來！」

如果能把這個聲音錄下來的話，被他打一頓也值得。在我前面走向舞臺的Axel後背微微顫抖著。我站在我們三個成績最差者的中央，左手邊是Axel，他正對著宮元。為了拍攝，我故意把上半身朝左傾斜。在舞臺的另一端，崇仔也把身體對著我們這邊。

「聽好了。找不到獵物的人，自己就要變成獵物。」

Brad宮元按照與一周之前相同的順序開始懲罰我們。

先打耳光，趁對方由於衝擊放鬆身體的空隙，再往腹部狠狠地來一記勾拳——很有力的一記右勾拳。接下來輪到我了。雖然不喜歡在視訊網站上露面，但也沒有辦法。我往腹部的肌肉用勁，做好腹部受力的準備。此時，突然有個人在舞臺下面叫嚷起來：「我想起來了！那傢伙是池袋的萬事通阿誠！Boss，這個傢伙給各種各樣的人設下圈套、把人擺平；你要小心！」

我把目光轉向那邊的時候，Luther正用手指著我。崇仔右手伸進上衣口袋，應該是在發送SOS訊號吧！有幾個比較資深的獵人從舞臺下面上來，崇仔叫道：「阿誠，堅持十秒鐘！」

我蹲下去，躲過了第一個男人飛過來的拳頭，然後利用伸直膝蓋的反作用力，近距離以右手肘打了男人的顴骨。這一拳打得太漂亮了，那個男人當場就癱倒在地。

「阿誠，小心後面！」

另一個獵人撲過來。由於第一個男人已經倒下，所以他比較慎重，好久都沒有展開攻勢。我把身體蜷起來，採取了防禦姿勢，因為擔心如果莽撞地打鬥的話，會把機器弄壞。崇仔一邊支援我，一邊像蝴蝶一樣在舞臺上飛來飛去——你們能想像嗎？就是那種一邊射出子彈，一邊輕舞飛揚的蝴蝶。三個男人在吃了崇仔看不見的拳頭之後倒下了。崇仔冷笑著向

Brad宮元說道：「怎麼樣，有沒有興趣和反擊的對手較量一下？」

有魅力的美容師猛獸似的大聲叫嚷，朝崇仔猛衝過去。我為了把這個畫面收進鏡頭，不斷改變身體的方向。看樣子Brad宮元還是稍懂格鬥術的，並不是憑蠻力出拳，而是控制著節奏。不過崇仔在這方面更勝一籌：他一邊扭動上半身，一邊左右手交替出拳，盡量站在那傢伙的正面。比起互毆，崇仔一定優先顧慮到錄影。

「差不多可以了吧，阿誠。」崇仔一邊閃開Brad的拳頭，一邊說道。

「這邊的拍攝可以完美收場。你可以狠狠地揍他了，River。」

「不要叫我這個名字！」

生氣的崇仔擊出右直拳，不過好像比平時多用了點力氣。Brad想用腰部抵擋住，結果崇仔又在衝上來的Brad的下巴補上一拳。Boss像木棒似的直挺挺倒下，甚至還來不及自衛，那張自大的臉就直接摔在舞臺上。

從會議室入口傳來男生們的叫喊聲，一邊放出藍色的火焰，一邊飛來了很多煙霧彈。G少年的突擊隊穿著黑色的運動套裝，闖進亂成一團的會議室。

「撤，阿誠！」

無須回答。此時我已經從舞臺上跑下來。既然拍到了影片，繼續待在這個騙人的會所裡也沒有什麼意義。我和崇仔早突擊隊一步，撤離了戰鬥的行列。

我們把設備交給在賓士車裡等待的電臺男。這個傢伙在到達江古田的工作室之前已經檢查完影像和錄音。他一邊喊著「好素材呀」，一邊獨自興奮著。

關於美麗百分百的暴力晨會，我們分別製作了五十秒的精簡版和一百五十秒的完整版，然後在當天上傳到Youtube和Niconico視訊網站上。在精簡版中，Brad有四次把自己會所的客人稱為獵物，並一直毆打倒楣的Axel，在完整版中則有十一次。電視臺紅人的暴力視訊怎麼可能吸引不到人氣呢？

第一天的訪問人數已經接近三十萬；第二天早上，在向全國觀眾播放的娛樂節目中報導了該會議室發生的慘事。雖然我對影片的取景還有一些不滿意，但我決定在下次機會到來之前好好鍛煉自己的偷拍技巧。凡事總有第一次。

⚘

之後，週刊雜誌以及體育報紙等針對Brad宮元的連續報導，相信大家比我更印象深刻。Brad宮元（本名：宮元龍司），不知何時從綜藝節目中消失，之後由於他違反了《消費者基本法》、《消費者合約法》、《特定商業交易法》、《藥劑法》等，被警方叫去審訊。原本碌碌無為的小人物搖身一變成為眾人追捧的明星，但一旦現出原形，也會被各類媒體鋪天蓋地地圍攻，直至將他擊垮。這就是演藝圈的遊戲規則，翻臉比翻書還快。

作為解決這次麻煩的謝禮，我又被請去吃四季飯店的義大利菜。這次只有奈奈枝和美智子兩人。據說Ms.平凡回到了鄉下的父母親身邊。即使宮元被判有罪，也不可能全額返還受害者的錢，償還過程好像也需要好幾年。經一事長一智。

在我們生活的時代，絕大多數情況下會責備受騙的人不小心，而忘了騙子的可惡。

所有事情都告一段落的一周後，崇仔又把我叫出來，和上次一樣，還是在深夜的千登世橋上。今夜的天空灰白陰沉，新宿的超高大樓像被包在蠶繭裡一般。

「太陽從西邊出來了?崇仔竟然主動約我。」

國王穿著Jil Sander⓮的透明質感夾克，倚著橋的欄杆。

「我想對阿誠說聲謝謝。」

從國王嘴裡吐出這句話，非常難得。或許今年的夏天會下雪呢。我吃了一驚，沉默了一會兒。他從白褲子的口袋裡掏出一個信封。

「這個給你。是從Brad宮元那兒領來的獎金。G少年另外從受害者協會領取了報酬。」

我有點不爽。我可不想要這種錢。

「如果是別的錢，我或許會高高興興地收下。但這是那個商界紅人的髒錢，是崇仔花一周時間收集女生聯絡地址得到的抽成，是你自己賺來的。所以，從這兩點來說，我不想收這個錢。」

崇仔的臉頓時冷得像下了霜，只擠出一絲笑容，說道：「阿誠的反應果然不出我所料。但我也不需要這種錢。」

說著他把手伸出欄杆，將信封扔向明治通。裝著一疊鈔票的白色信封被汽車帶來的風吹起來，在空中翩翩起舞。等我反應過來的時候，衝崇仔嚷道：「不覺得可惜嗎？你將來會因為一日元而哭泣的！」

「笨蛋，那個信封裡可是裝了十萬日元呢。算了，我們去喝酒吧。G少年受害者協會的人正在Rasta Love等我們，說是要幫你辦歡迎會。這次我請客，盡情地喝個通宵吧！」

⓮德國一個時尚品牌。

池袋的國王竟然這麼溫柔，今年夏天一定會氣候反常。賓士休旅車靜靜地駛來，停在我們旁邊。黑色的車身映射著鐮刀形的月牙，感覺比真實的月亮更加漂亮。我下意識地伸出右手，崇仔不敢置信地看著我的手。

「什麼意思？」

「為我們的友情握手。」

崇仔的聲音就像市場上賣的冰塊一般稜角尖銳：「真肉麻。」

他說完就鑽進了車裡。我竟然會佩服崇仔，也夠傻的了。今天一整晚一定不要和國王說話。我暗自下定決心，滑到崇仔旁邊的空位上。

池袋ウエストゲートパーク

流浪漢的遊行

難道就我一個人感覺到這街上的風變涼了嗎？

雖說已經是秋天了，但風帶來的不是涼爽，卻是刺骨的寒冷，如同一盆冰水從頭頂澆下。這種冰冷的感覺並不只是出於季節變換，還來自我們生活時代的冷酷。原有的社會差距像山谷般，變得愈來愈廣、愈來愈深，山谷兩邊的人已完全看不到彼此的身影。這樣一來，其實與最初沒有差距時是一樣的。總之，對面的對手若不存在，那麼自己所在的世界就是全部的世界。

在山谷的兩側，人們在分隔開來的小世界裡生活著。上層的人僅僅活動在港區和涉谷區（最多加上成田機場和海外），而像我一樣底層的人則在豐島區的中下層世界苟延殘喘。

今年秋天，我目睹了發生在最底層世界的弱肉強食。許多次，小魚吞食比自己更小的魚，更小的魚被人毆打、奪走工作、趕出居住的地方，甚至連壓箱底的存摺也被偷走，縱使如此，他們卻連一聲呻吟都無法發出。即使在深海的最底處呼喊，也傳不到波光粼粼的海面上。欺負他們的人是同樣生活在最底層的夥伴，只不過比他們稍微凶惡些、塊頭大些。小吃小，底層人掠奪底層人，這就是二十一世紀全新的食物鏈。

你是不是也覺得不可思議？小魚在海底被悄無聲息地吞食掉，而燈火輝煌的豪華客船卻在數百米之上的海面行駛著。那些所謂的環保愛好者，衣著優雅、品味不凡的男男女女在船上夜夜笙歌，女人們一件裙子的錢足以讓海底的小魚們輕鬆地生活半年。

我時常想，現在所需的難道不是看別人看不到、想別人想不到的強大能力嗎？如果不培養這種不合常理的能力的話，不知道什麼時候開始，我們甚至會連自己眼前發生的事情都看不到。

如今，人們習慣把一個東西分割開，巧妙地隱藏被分割的各個部分，然後當這個東西原本就不存在。

可現在，我們必須睜開睡眠不足的眼睛，正視當下正在發生的事。

我們必須這麼做，因為絕對沒有其他人會注意到海底的爭鬥。

夏天的尾聲是閃電和暴雨。

就像生命誕生之前的原始海洋一樣，雷忽遠忽近地胡亂落下，像厚厚灰色窗簾似的傾盆大雨包圍了整條街道。現在的時代，就連天氣也極其惡劣。

此時，我正在從池袋的西口向東口遠征的途中。西口與東口以ＪＲ線相隔，西口下著傾盆大雨，穿過離西口僅有一百公尺的地下道到達東口後，卻發現人行道上一滴水也沒有。這是一條穿越天氣邊界線的通道，有點像科幻小說。不過，託西口大雨的福，我拿著濕淋淋的塑膠傘，漫步在陽光普照的綠色大道上，活脫脫像個傻子。

我的目的地是東池袋中央公園，過去紅天使的集合地。現在小鬼的黑社會也變得安分了，於是這裡變成和平的城市次中心公園，每週二在這裡發放救濟食品給流浪漢。

把我叫到這個地方的，照例還是這一帶小鬼們的國王，指定的會面時間是救濟食品發放日的下午。我拿著濕淋淋的傘走過綠色大道，回過頭一看，Parco百貨商店對面西口的天空黑雲密布，而這邊的天空卻是夏末的晴空萬里。宛如兩極分化的社會本身，一邊是晴天，一邊是傾盆大雨。

公園的小路兩旁分別種了兩排櫸樹，我穿過小路，來到噴泉廣場。旁邊立了塊礙眼的牌子，上面寫著：禁止玩滑板。這裡最引人矚目的是一排身穿黯淡服裝的男人，隊伍長得都可以繞廣場一周了，男人們默默地排著隊，其中有年輕的，也有年邁的。最近的流浪漢好像沒有年齡限制了。

簡易的帳棚下擺著可折疊的桌子，桌上放著兩口很大的鍋，鍋裡散發出奶油湯的味道。在我使勁吸鼻子的同時，背後傳來國王像冰柱一樣冰冷的聲音。

「肚子餓了的話，阿誠也排隊領吃的吧，如何？」

我轉過頭去，看到G少年的國王穿著今年秋季的新品站在背後。灰色的法蘭絨馬甲❶（不知道馬甲為什麼不叫vest，對我來說是個謎），下身是法蘭絨的深藍色褲子。馬甲裡面是白色短袖T恤，感覺國王就像某本時尚男性雜誌的封面人物。這次果然也沒忘記帶兩名隨身保鑣。

我低聲回答：「我怎麼能搶大家的食物？我回到家，就能吃到老媽做的晚飯了。」

要說我們家的晚飯是否比這裡的好吃，還需另當別論，但這次國王很少見地、順從地點了點頭。

「是呀，你老媽的料理是很特別。」

看到這麼順從的國王，我反而沒處發脾氣，只好不高興地說：「只有你來的時候，我老媽才比較用心在做。平時的飯還不如便當店的飯盒好吃。」

說完，保鑣不知為什麼狠狠瞪了我一眼。崇仔笑著說：「很多G少年都是你老媽的粉絲，今後你最好注意一下說話方式。」

這算什麼呀。比起賣力解決這一帶棘手事件的我，我家那位缺少風度、說話刻薄的老媽反而更有人氣；與其說這叫差距，不如說這是明顯的歧視。

「知道了。今後談起我的同居者時，我一定會小心說話。先不說這個。對了，你要介紹給我的人是誰？」

打扮得像模特兒的國王舉起了右手。於是，帳棚那邊走來一名年輕男子。他穿著與崇仔相同的馬甲，還圍了牛仔布的圍裙。髮型是卷卷的大波浪。小鬼走到我們面前，微微低下頭，說道：「我是紐帶的武川洋介。能見到傳說中的真島誠先生，真是備感榮幸。」

真是非常有禮貌的青年。紐帶是說唱組合還是什麼？看到我不解的表情，小鬼解釋：

「對了，紐帶指的是流浪漢的援助組織，我是這裡的志願者。」

崇仔瞥了一眼洋介的馬甲，說道：「我還是第一次遇見和我穿一樣衣服的人。阿誠，他就是這次的委託人。」

洋介聽到後不好意思地笑了笑。我看了他一眼，如果他和崇仔穿的是同一款馬甲，這可是某個奢侈品牌的衣服，一件就要十萬日元呢。難道這個志願者是個富家子？

「那麼，你要委託的是什麼？」

聽到我這麼問，洋介把頭轉向流浪漢的行列。

「這裡不太方便，能借一步說話嗎？」

他脫掉圍裙捲成一團，走向公園旁邊的太陽城。我跟著他走過去時，國王在後面喊道：

「阿誠，我已經幫你們互相介紹過，剩下的事情就交給你了！如果需要我幫忙的話，再打電話給我。」

「欸，等一下！」

❶日語中，「馬甲」一詞來自法語的Gilet而非英語的vest，故有下文。

國王完全不理會我的叫喊，在保鑣的護衛下，一臉漠然地走出了市中心的公園。賓士休旅車靜靜地停在樹叢後方。崇仔鑽進開著空調的車子，消失不見。池袋還是個封建社會，國王發出命令，臣民行動。或許問題在於我喜歡特別麻煩的工作。

我和洋介去星巴克買了冰拿鐵，然後捧著杯子坐在太陽城的露臺處。這個地方的樓梯非常寬，是用茶色的瓷磚鋪成的，感覺像個小舞臺。抬頭一看，左手邊矗立著六十層高的大廈。頭頂高低不同的雲朵錯落有致，天空感覺上有點奇怪；夏天和秋天並存的微妙天氣。

「誠先生，你知道最近流浪漢的事情嗎？」

我搖搖頭。很遺憾，我在那個世界沒有朋友。曾經抓過一個把流浪漢骨頭打斷的襲擊犯，不過那是好幾年前的事了。

於是，洋介接著說道：「現在，漸漸看不到他們的身影了。」

怎麼回事？剛剛不是還見到那排黯淡的行列嗎？

「公園裡聚集了那麼多人，難道他們都是透明人嗎？」

洋介喝了一口冰拿鐵。

「只有在發放救濟食品的時候才能聚集那麼多人。以前，在東京稍微大一點的公園裡，任何地方都能看到藍色塑膠布的村落。但是最近應該基本上看不到了。」

這麼說來，池袋大多數公園都看不到藍色塑膠布的村落了。

「這是什麼原因？按理說現在經濟這麼不景氣，這樣的人應該會增加才對。」

洋介面無表情地說：「這是因為政府正在落實公園的法規化。在東京的公園裡，以前已有的東西暫且不談，現在禁止搭建任何新的小屋或帳棚；同時還啟動了協助自立的服務。」

協助自立？在這個世界上，有些辭彙聽起來很冠冕堂皇，不過一般情況下，都用來掩蓋更殘酷、骯髒的事。

「有種不好的感覺。」

洋介微微一笑。「你的直覺很好。解釋起來也很簡單，四年前政府開始向流浪漢提供租賃公寓，有兩年的期限，房租非常便宜。」

「原來如此！」

我喝了一口不怎麼甜的冰拿鐵。在兩年的過渡期間，如果順利找到工作，他們就可以脫離流浪漢的生活。聽起來是個不錯的計畫。但是，要實現這一點必須有兩個有利條件：一個是經濟比較景氣，工作多的是；另一個是當事人有勤勞工作的欲望。

「雖然稱為區域生活過渡援助方案，但事情進展得並不順利。最近，被逐出公寓、重新回到大街上的人不斷地冒出來。」

「他們還能像以前那樣，重新住到公園裡嗎？」

洋介嘲諷似的揚起了嘴唇的一角。他背後陽光六〇大樓的燈一閃一閃的。

「很難。因為公園都已經法規化了，禁止人住在公園裡。」

我不禁在心裡歎了口氣。欸，真是無可救藥的故事。

「那剛才的那幫人究竟都住在什麼地方？」

「他們各自住在我們看不到的地方，譬如地下道、高速公路的高架橋下方、河岸邊等。」

這種情況是不是有點像次級抵押貸款❷？」

學生志願者突然冒出這麼艱難的經濟辭彙。我最近也有看報紙，所以還知道這個詞；但

美國的房地產和日本的流浪漢有什麼關係？

「兩者之間的關係是？」

「我是說，對社會而言，不管是次級抵押貸款還是流浪漢，如果集中在一起就會引人矚目，所以比較危險。只要把他們分散開來，輕輕地、廣泛地散開，用這種方法就可以當作從來沒有過這種問題。」

原來如此。聰明人的想法果然比較有意思，對於社會的危險因素，只要切斷、分割他們之間的聯繫，再予以分流就行了。在加州，把房地產抵押貸款證券化就可以。但池袋的流浪

漢是人類，不是物品；難道人類也可以證券化，然後把他們散發到各處嗎？

我突然冒出一個問題，「洋介，你為什麼要煩惱這件事？」

紐帶志願者的中心人物仰頭瞭望初秋的天空。「為什麼要煩惱這件事？我也不明白。」

證券化、不可見的問題，這條街的麻煩變得更難解決了。麻煩終結者將不是水果店看店的人，而要輪到數學家或物理學家登場。

我凝視著洋介的臉。

「喂，為什麼你這麼熱中流浪漢的事？你穿的這件Vest，不對，叫Gilet吧？雖然看起來很薄，但確實是件高檔品牌的服飾；你住的地方應該也沒有流浪漢吧？」

洋介摸了摸馬甲的領子，說道：「啊，這個呀。這是Neil Barrett❸的衣服。我覺得也挺適合阿誠你的。其實，這是我在大學的一個研究題目，主要是調查流浪漢的生活方式和居住環境等。我見了很多人，但其中有幾個人已經過世。露宿街頭的生活，危險還是挺多的。有一天，我突然想通了一件事：現在不是做調查的時候，必須幫助眼前的這些人。因此我創辦了紐帶協會。這樣解釋，你能明白嗎？」

---

❷次級抵押貸款，英文subprime loan（或subprime lending），是指一些貸款機構向信用程度較差或收入不高的借款人提供的貸款。

❸義大利服裝品牌。

我看了看這個家境優渥的小鬼，重重地拍了拍他的肩膀。

「十分清楚。不知為什麼，現在感覺很有衝勁。」

不管是一件十萬日元的馬甲，還是一千日元的T恤，和這些都沒有關係了。總之，重要的是針對擺在眼前的困境做些什麼。衡量人的標準，還是盡可能簡單些好。

洋介暫時沉默了一會兒，好像在腦中整理思路。

「重返大街的流浪漢驟增。他們不能住在公園，因此大家分散住在各個地方，但是總體上居住環境比之前惡化了。與兩年前相比，經濟變得更不景氣，工作也減少了。這樣的話，在一般人看不到卻充斥著流浪漢的社會，不知道會發生什麼事？」

如果生存下去的條件全都變得更加嚴峻，答案只有一個：

「生存競爭變得更加激烈。貧困者的同伴之間，圍著少得可憐的一點東西彼此爭奪。小吃小。」

從我嘴裡說出這番話時，連我自己都覺得有點殘酷，但在貧富分化的半叢林社會，這種現象或許是理所當然。在十年前，我還是中學生的時候，這卻是無法想像的事態。

「最近我們在派送救濟食品時，發現有的人忍痛拖著腿來領食物，還有的人臉上青一塊紫一塊的；特別是在豐島區的周遭。我們的成員向流浪漢們打聽這件事時，大家都噤聲不語；於是我想到，阿誠或許有什麼辦法。」

原來是這樣啊。但是，我還有一件比較在意的事。

「洋介和崇仔是什麼關係？紐帶協會不是受G少年庇護的志願者團體吧？」

不過，最近的黑社會什麼事情都做，如果真是這樣也沒什麼可吃驚的。洋介的臉上現出悲傷的表情。

「最近，二十歲左右的流浪漢也呈增加的趨勢。其中有幾個人也是崇先生的手下。據他說，混街頭的生活一年比一年嚴峻了。」

原來如此。現在的社會連二十歲左右的流浪漢都不稀奇了。我們生活在怎樣一個充滿希望的時代呀？

❦

「那麼，你不知道問題出在哪兒，也不知道應該朝哪個方向下功夫？」

洋介認真思考了一下，盯著手中星巴克的杯子看了一會兒。

「雖然覺得很慚愧，不過或許正如你說的那樣。」

「弄得不好會出事，導致你們志願者當中有人被逮捕，這樣也沒關係嗎？就算不出事，好人和壞人也可能是同一個人。那種情況下，應該怎麼辦？」

這是一個所有風險都被證券化的世界。我們的善和惡被狠狠地壓扁、細細地剁碎，然後混合在一起。打倒壞人的時候也會一起拖累好人，這是常見的故事。此時，洋介抬起了頭。西邊的雨雲消失了，夕陽餘暉照亮了整個天空。

「生活在痛苦中的人們可以稍微過得輕鬆點。不管做什麼，只要能朝著這個方向發展的話，我們沒有任何怨言。那就拜託了，誠先生。」

原來世界上還是有既簡單又能打動人心的語言。激發人鬥志的正是這樣的話，特別是對我這種用金錢都打動不了的中世紀騎士般的人。不管怎樣，如果硬要提自己拿不動的錢袋，肩膀會疼的。儘管貧窮，但可以有自由的時間和一顆感性的心，這樣的生活方式很好。

後來我們又在太陽城的露臺上碰了一次面。我恨不得馬上和受傷的流浪漢直接見面談談，但洋介說這很困難。

「我們的成員沒能問明情況，是因為那群人之間有種相互監視的氛圍。像發放救濟食品時很多人在場的情況下，我想他們任何人都不會開口。」

「那我應該怎麼做？」

他從工作服口袋裡掏出一張信用卡模樣的東西，正面是經過設計的「紐帶」二字。我接過來，發現上面還有我的名字。

「這是我們的會員證。另外還有個東西交給你：這可是機密資訊，請妥善保管。」

那是一張黃色紙片，好像是從本子上撕下來的。

「這上面寫著可能提供協助的人的暱稱和住所。這是我從協會的緊急聯絡資訊中抄下來的，請妥善保管。」

我看了一眼這張紙片。阿元、阿駿、E、Jamo，好像每個人都沒寫自己的真名。住所寫的是：南池袋二丁目步行天橋下、雜司之谷鬼子母神參道、池袋大橋下和驚奇鐵路橋❹。

與其說是住所，不如說這些都是散布在這條街上、像黑洞似的人們看不到的地方。

「明白了，我會妥善保管的。這些資訊不想給政府機構看到吧？」

洋介無奈地說：「是的。這些資訊都是我們的人員走訪大街小巷找到的。公園法規化的

❹驚奇鐵路橋，指的是與池袋站南端銜接的鐵路橋及其周邊，因初建時高度極低，火車經過會驚擾橋下，故此得名。

下一步就是街道的法規化了。到那時，這薄薄的一張紙將會變成多麼危險的東西，誠先生，你能想像吧？」

我重重地點點頭，表示「明白，長官」。我們交換了手機號碼和電子郵件信箱後就分開了。差不多談了一個多小時。我曾經認為自己是池袋底層社會的萬事通，但這一個小時足以破滅我的這種錯覺。不過，在流浪漢之間發生的事件很少會浮出檯面，所以不知道這些事也是理所當然。

走在夕陽照耀的大街，我拿著淋濕的傘回家了。白天的陽光還像夏天似的，傍晚的風卻讓人感到些許秋意。風從燈紅酒綠的大街和小鬼們身上帶走了熱氣。為什麼風稍微冷一點，我們就變得這麼多愁善感了？是因為我們出生在一個四季分明的國家嗎？

回到西一番街的家，我和老媽換班，輪到我看店了。不知為什麼突然想聽秋天的音樂，於是選了約翰內斯·布拉姆斯。雖然我不喜歡浪漫樂派，但布拉姆斯是特例。他是個不故弄玄虛、認真又嚴謹的大叔。然而，他內心深處有著非比尋常的浪漫情懷。如果他出生在二十一世紀的東京，一定會被那些女孩子耍得團團轉；因為他是純情的藝術家。

我往店裡的ＣＤ機放的是協奏曲集。我非常喜歡這些曲子，擁有葛蘭・顧爾德❺、瓦萊瑞・阿方納西夫❻、伊沃・波哥雷里奇❼的版本，但我還是和以前一樣選了顧爾德。你聽了之後就會明白我為什麼選他。這是可以讓人歎口氣的秋天音樂。

我想好好思考一下這次事件，但出於資訊量太少，什麼也想不出來。沒辦法，人在走投無路的時候就要向那些可能會有內幕消息的人打聽，這是解決問題的捷徑。我拿出手機，找到崇仔的號碼。代接電話的人應答後，我說：「我是阿誠。喂，你也是我老媽的粉絲嗎？」

我聽到電話那頭傳來了狼嚎般的狂吼，好像我不是在和人類說話似的。接下來聽到的是崇仔的聲音，他的聲音就像跨過秋天、吹在嚴冬裡的北風那樣寒冷。

「你這傢伙很擅長惹我的保鑣生氣呀。有何貴幹？」

我向崇仔說明了一下洋介的委託內容。其實有時候通過和別人聊一下這件事情，也可以理出一些頭緒。最後我說：「總之，從明天開始，我先試著去拜訪一下流浪漢的家，但資訊太少，不知從何下手。崇仔能告訴我一些你那邊收集到的消息嗎？什麼都可以，再怎麼說，Ｇ少年中間不是也有一些流浪漢？」

---

❺ Glenn Gould, 1932-1982，加拿大鋼琴演奏家。
❻ Valery Afanassiev, 1947-，俄羅斯鋼琴演奏家。
❼ Ivo Pogorelich , 1958-，塞爾維亞鋼琴演奏家。

這次輪到國王發出狼嚎的聲音了。崇仔吼道：「不景氣應該也要接近尾聲了吧！那些小鬼失去工作、與家人分開後，很快就淪為流浪漢了。我們這邊也做了各種各樣的調查，但是還沒有查出什麼。只是問了幾個G少年中的流浪漢，而他們好像都在害怕什麼。」

害怕？會是害怕什麼？會讓人類恐懼的，只有人類自己。

「害怕的對象是誰？」

「剛才不是說了我不知道嗎！不過，應該不是我們平時的對手——小混混或黑社會。」

「你為什麼會這麼說？」

崇仔從鼻子裡笑了一聲。「那些傢伙害怕的不是外部的監視，而是夥伴之間的；簡直像一黨獨大時代的蘇聯。」

由恐懼引發的背叛和告密行為橫行。我讀過蕭斯塔科維奇的傳記，可以想像那種氣氛下的一部分情況。

「是嗎？明白了。」

崇仔聲音的基調發生變化。與平時的冰冷不同，這次有微妙的溫度，像冰開始融化。

「那個志願者代表說有些流浪漢受了輕傷，但事實上不止是這樣，只不過他們一般不會去醫院。好像有幾個人被弄得半死不活，然後被逐出這條街。所以阿誠，你也要小心點。」

我大吃了一驚。國王在擔心我的人身安全。

「知道了。我會盡量多注意的。」

崇仔笑著說：「那你就多留心點吧。像你這樣很會搞笑的人，如果從池袋消失的話，我會有點寂寞。」

原來我只是國王喜愛的玩具？我沒有說再見，而是直接啪的一聲掛斷電話。這個世界上難道沒有可以告發國王的地方？

第二天開了店，我立刻飛奔到街上去。現在不知道還會發生什麼事情。但即使這樣，走到街上，在尋找蛛絲馬跡的最初瞬間，心裡感覺還是很激動。在秋風中，我的目的地是名單上的第一個地址。

出了東口，沿著明治通朝新宿的方向走，拐過大鳥神社的小路，就可以看到一座古老的人行天橋。這裡緊挨著幹線道路，一定非常吵，很難入睡。在階梯下面是用硬紙板做的、像棺材一樣的流浪漢的窩。如果空著手去別人家聊天，我會覺得不好意思，所以在附近的便利商店買了飯團、水果和綠茶飲料。

「哈囉，阿元在嗎？」

沒有回音。過往的行人見我朝一個硬紙板屋子喊話，紛紛露出不可思議的表情。我又喊了幾聲，還是沒有回應。是不是出去了？沒辦法，我敲了敲屋頂的部分。

「哈囉，我是紐帶協會的人。請問有人在嗎？」

「誰呀？好吵！人家正在睡覺呢。」

從棺材裡傳出響亮的聲音，著實讓我吃了一驚。隨著嘎吱嘎吱的聲響，側面的硬紙板被移開了，從裡面露出一張頭髮花白、滿臉鬍子的面孔。那張臉從地面朝上瞪著我。我蹲下來，給他看了紐帶協會的會員證。

「我想做一些問卷調查，我叫真島誠。你是阿元吧？」

上了年紀的男人眼睛一直盯著我手上提的便利商店塑膠袋。

「我沒什麼好跟你說的。小哥，你手裡拿的是什麼，給我的慰問品嗎？」

我連袋子一起遞給了他。阿元接過後，蛇一樣敏捷地從硬紙板屋子中爬了出來。

「不好意思，這是我今天的第一口米飯。」

他趕忙撕開塑膠袋，將飯團塞進嘴裡。

「因為經濟不景氣和環保的雙重影響，流浪漢的生活很難熬呢。現在不論是便利商店還是便當店，買的材料都會控制到剛剛好，不會出現浪費的現象，所以任何餐館的垃圾箱裡都翻不出可以吃的東西。」

阿元好像是個健談的流浪漢。他穿著一身黑色的運動服，鞋子應該是從什麼地方撿來的，竟然是幾乎全新的耐吉。阿元狼吞虎嚥地把慰問品吃了個精光，我在他旁邊坐下。只因為和流浪漢一起坐在人行天橋底下，此時我好像也變成了透明人，經過這裡的沒有一個朝我這邊看。

「我從代表那裡聽說，最近在這一帶築巢的人，好像有很多都受傷了。」

阿元露出一絲狡猾的表情。

「流浪漢的生活，要和危險做鄰居。一方面不知道高中生、初中生們會搞出什麼花樣，而且我們的同伴中也有很多小偷。我離開這裡的時候，都會隨身攜帶全部的貴重物品。」

說著，他從運動服上衣口袋裡掏出一支手機，是Docomo的新款，還有不限3G流量的媒體電視功能。他抿嘴笑了笑，然後啪的一聲打開手機。

「這個手機可以看電視節目。我有時還把它借給沒有手機的人，一次收費兩百日元；這也是我的生財工具呢。」

我好像被對方帶得太遠了，不得不強行把話題拉回來。

「聽說最近有好多人臉上被打得青一塊紫一塊，還有人被打瘸了腿；關於這件事，阿元知道什麼嗎？」

穿著運動服的流浪漢吃完飯團後，慢慢地用牙籤插了一塊切好的鳳梨，送進嘴裡。

「嗯，關於那件事，我不是太清楚。這個鳳梨還真甜。有好幾個月沒吃過水果了。」

在步行天橋的階梯下方，我眺望著明治通上來往的車輛。和流浪漢一起坐在地上，感覺有點奇怪。看來很難強行獲取到資訊，於是我們隨便聊了些八卦。都是一些很普通的話題，譬如今年夏天不正常的天氣、北京的奧運會、這條街上哪家餐廳的剩飯最好吃等等。聊天時還交換了各自的手機號碼。雖然對方是頑固的流浪漢老頭，但是也很高興看到自己的電話簿上又增加了一個號碼。

我放棄繼續探聽消息，站了起來。此時，阿元說道：「阿誠，你是心地善良的人，還買午飯給我吃，所以我好心提醒你。聽好了，不要再插手調查這件事了，會惹上麻煩的。」

我一邊拍打穿著運動褲的屁股，一邊回答：「謝謝你的忠告。但是，我必須徹底調查清楚才行；我和洋介說好了。阿元，你是不是也被誰打過？」

上了年紀的流浪漢使勁揉了揉臉，不屑地說：「我才不是笨蛋呢。不會笨到讓別人搶走我的失業證明。」

失業證明？第一次聽說這個詞。

「再見，我會再來的。」

流浪漢爽快地回答：「好，那再見了。下次來的時候，甜點就幫我買個優酪乳吧。我挺無聊的，所以阿誠你一定要來看我呀。」

從以前我在流浪漢當中的口碑就很好，這是為什麼呢？為什麼年輕的女孩反而看不見我的魅力呢？我覺得這是一個天大的謎團，就像不知為什麼這個國家的首相會一個接一個地辭職一樣。

我一樣從便利商店買了禮物，接著走訪了三個地址。鬼子母神參道的藍色帆布屋裡沒有人，一定是外出工作了吧。雖說是流浪漢，不工作的話也沒有飯吃。回收廢品也罷，撿拾易開罐也罷，尋找殘羹剩飯也罷，總之，世界上沒有什麼都不做就可以生存下去的好事。

我把便利商店的袋子放在藍色帆布屋裡，留了張紙條就離開了。紙條上簡單寫著：我會再來，請協助我調查。如果弄清楚事實的話，一定可以幫到更多同伴。

下一個目的地是池袋大橋的立交橋底下。汽車在頭頂上奔馳，鐵絲網的對面，JR電車發出震耳欲聾的聲音。居住環境看起來相當惡劣。我又從便利商店買了些東西，朝一座格外氣派的藍色帆布屋走去。它有三張榻榻米大，還有一扇三合板門，是間簡易的屋子。我敲了敲門，一個七十歲左右的老人露出頭來，「有何貴幹？」

他的頭髮全都白了，穿著用百衲布做的僧侶短衣，看起來很像知識份子。我想窺視門內的布置，他卻扭動身子擋住。我只瞥見屋裡有手提式發電機、二十吋的電視和手工做的書架。感覺比我的房間住起來還舒服。

我把帶來的禮物遞給他，並說明來意。老人聽著，表情變得愈來愈嚴肅，還把我的禮物往回一推。

「請把這些東西帶回去。我不需要。我也不知道你在說什麼。請快點離開這裡。」

我沒有多想，只是試著問了一個與當初拜訪其他流浪漢時相同的問題。

「你也挨打了嗎？」

眼看著老人的臉變紅了。他憤恨地說：「這種事與你無關。你突然造訪，然後不時地來幾趟，之後就不會再來了吧？可我卻要在這條街上度過我的後半生。你這個小鬼懂什麼？」

這時他不僅臉變紅了，連眼裡也飽含著淚水，令我印象深刻。我又試著拋出一個從阿元那兒聽來、意義不明的單詞。

「你的失業證明也被他們偷走了嗎？」

老人的臉色頓時變了，紅紅的臉霎時變得蒼白。他開始四下張望。

「既然你都知道了，還有什麼可說的。你快走，我不想被那些傢伙看到我在和你說話。拜託了。」

聽了這些話，富有敬老精神的我從這座氣派的藍色小屋退了出來。但可以確信的是，在我們一般人不知道的海底，一定發生了不好的事。關門的時候，老人苦苦哀求道：請不要再來了。那聲音聽起來像快哭出來似的。

❦

下一個目的地是鐵路橋下，但我有點累了。街頭偵探也需要休息。我坐到池袋大橋的護欄上，決定暫時休息一下。在東京，不管走到哪兒都有自動販賣機，所以很快就能買到喝的。儘管非常方便，但在炎熱的夏天，街頭各處依然繼續擺放著冰箱，從環保的角度來看，不知該做何評論。我拉開冰鎮日本茶的拉環，喝了一口，然後拿出手機，打電話給紐帶協會的代表。

「喂，是我，阿誠，方便說話嗎？」

在電話裡，洋介的聲音一樣充滿親切。

「等一下。現在正在開會，我去露臺和你說。」

聽筒裡傳來一陣沙沙聲後，那傢伙的聲音變得清晰了。

「好了，你要說什麼？」

我馬上開門見山提出問題，毫不拐彎抹腳。

「失業證明是什麼?」

洋介輕鬆地回答:「那是零工受保證明。」

好像在說很難的繞口令似的,譬如東京特許許可局❽。

「那到底是什麼東西?」

不愧是流浪漢援助協會的代表,洋介背教科書似的說:

「在建築工地上工作的流浪漢大多都有這個證明。由於正式名稱太長了,所以大家都稱它白本證明或失業證明。」

接著,洋介又跟我解釋了一些細節。簡單來說,它的作用是:工作一天的流浪漢在完成當日的工作後,雇用方會將雇用保險費的印花貼到他的失業證明上。根據收入的多寡,印花的金額也會不同。據說一張印花值一百七十日元左右。兩個月累積到二十六枚以上的話,下一個月即使身體不適,或找不到工作失業,也可以拿到失業津貼,一天最多可以得到七千五百日元,能連續領十三天以上。由於我一直在看店,所以簡單的算術還沒問題。

「這麼說,如果有那個證明,四千五百日元左右的印花就可以變成近十萬的失業保險。」

「沒錯,就是這麼回事。」

我喝了一口冰鎮的茶飲,說道:「所以,對那些想動歪腦筋的人來說,這可是一個不錯的謀生手段。」

洋介說道：「或許是這樣，不過實際操作起來還是有難度。有失業證明的人都很珍惜它，對那些人來說，失業保險就是生命線；不會這麼輕易地交給別人。」

但是，阿元說過有人被搶走了失業證明。流浪漢中的暴力事件和失業保險津貼證件之謎。此次的麻煩終於有點像一起事件了。

「明白了。我這邊再調查一下。洋介你那邊能不能也調查一下，最近發生了哪些和失業證明有關的事件？」

「明白。果然像崇仔說的一樣。」

我想起國王冰冷的臉。作為搞笑小丑，下次應該怎樣和崇仔打招呼呢？

「那傢伙說什麼了？」

「他說，在這條街上的小鬼中間，誠先生特別優秀；挖出麻煩種子的直覺非常厲害。只要委託他辦事，就一定沒有問題。」

那時我有多自得，真想讓你們也見識一下。很少表揚臣子的冷酷國王竟然大大讚美了我一番，下次說不定會頒發獎章給我呢！

我從護欄上跳下來，抬頭看了看直指秋日蒼穹的垃圾處理廠煙囪，然後精神飽滿地走向

---

❽日語發音為：Tokyo tokkyo kyokakyoku。發音很接近。

驚奇鐵路橋。

❦

連接池袋東口和西口的鐵路橋有四線道，兩側還有人行道，長度大約有三百公尺。在公園法規化之後，沒有去處的流浪漢在此稀稀落落地搭起了屋子。由於是混凝土造的長隧道，所以汽車的噪音很大，濕度也相當高，絕對不是什麼好環境。

我按照名單的指示，朝靠近西側出口的移動式塑膠帆布屋走去。這是輛搭建在兩輪拖車上的帳篷車，移動方便，即使地上積水，也不會馬上被弄濕。不錯的主意。我帶了從便利商店買的禮物，開始敲門。如果每天都買四份禮物的話，不久的將來我就要破產了。

「Jamo在嗎？我是紐帶協會的人。」

我喊完之後立刻有了回應，卻讓人不怎麼舒服。

「吵死了！讓我安靜會兒！」

「不好意思，我受紐帶協會代表的委託，正在做訪問調查。我就談一會兒，能不能見個面呢？我叫真島誠。」

我感覺到有道視線注視著我的一舉一動。仔細一看，原來在硬紙板上有一個窺視孔。我對著那個孔，給他看了協會的會員證和便利商店的袋子。

「真拿你沒轍。」

硬紙板滑開來，從裡面露出男子曬黑的臉，約五十歲左右。我盡力保持原來的表情。男子的臉又紅又腫，右眼睜不開，似乎剛挨打過。

「你的臉，怎麼了？」我把便利商店的袋子遞給他，輕聲地問。

「沒什麼。」男子確認了袋子裡的東西，輕輕地低下了頭。

「幫了大忙了。這樣又可以解決一頓飯。」

「是誰打的？真的沒事嗎？」

男子沒有看我，反而提心吊膽地朝隧道左右張望。此時，從東口明治通那邊走過來三個男人：他們穿得很普通，但遠遠就能看出他們也是流浪漢。俗話說薑還是老的辣，男子看到他們後，慌忙就要把硬紙板拉上；我對他說：「你害怕那些傢伙嗎？」

雖然面露懼色，但男子逞強說：「笨蛋，誰會害怕那些傢伙？」

「那麼，那三個人是怎麼回事？」

「他們是池袋流浪漢中最令人討厭的傢伙。」

我用手擋著將要關閉的硬紙板，「你也被偷走了失業證明嗎？」

男子什麼都沒說。他黑著一張臉，很有力地回覆：「你最好還是趕快走吧。你也會有危險的。」

男子的眼睛裡游離著一絲恐懼。我把手放開後，硬紙板的窗戶便緊緊關上了。很難想像人們可以用硬紙板和塑膠帆布來阻擋世上的邪惡和冷風、保護自己。

「那個到處找麻煩的傢伙就是你嗎？」

帶著威嚇的聲音。我轉過頭，看到流浪漢三人組雙手交叉，威武地杵在那裡。危機時刻到了。

❦

鐵路橋下即使是白天也很陰暗，螢光燈一直開著。這一帶基本上沒有行人，汽車也是勢如破竹地飛馳而過。三人組中間的是一名穿著背心、身材魁梧的男子，看起來像他們的頭兒。我能從他身上感覺到自信和暴力的氣氛。他左右兩邊分別是留著一頭長髮的瘦弱大叔和個頭很矮、體格健壯的光頭。背心男居高臨下地瞪著我，開口說：「你，哪兒來的？」

我舉起紐帶協會的會員證給他看，開始隨口胡扯。

「我受代表的委託，正在調查這一帶流浪漢的生活現狀。我們必須向都市的主管部門提出報告；想要拿到補助也不是件容易的事。」

長頭髮的大叔說：「我們不用你管！你不要鬼鬼祟祟地探聽了！」

那天我才剛開始著手偵查，看樣子不能小看流浪漢的資訊網。這麼一說，阿元也有手機呢。流言是不是很快就傳開了？那個往橫向發展的光頭有著螃蟹般的體格，他一邊左右扭動脖子，一邊向頭兒說道：「Nobo，要不要給他點顏色瞧瞧？」

這傢伙看起來像是三人組當中的暴力角色扮演者。是不是該向他們展示一下我逃跑的速度了？周圍好像沒有可以求助的人。

「Gata，住手。」

那個叫Nobo的頭兒把左右兩邊的人推開，站到前面來。他的眼睛和我的僅隔著五十公分的距離。他用小眼睛瞪著我：

「我們有我們的規矩，不允許外邊的人教我們怎麼做事。下一次，如果再看到你搗亂，我就會讓Gata對付你。聽好了，這個傢伙可不怕進監獄待個兩、三年。」

真嚇人。雖然我手無縛雞之力，但我有個壞毛病，受到別人的威脅後，反而更想說一些多餘的話。真是無可救藥。

「是你們這些傢伙偷走了流浪漢的失業證明，到處毆打他們吧？」

三人組的臉色都變了。

「是誰告訴你的？不要隨便誣賴我們！」長頭髮的男子叫嚷起來。

「住手，Unico。」男子的舉動遭到嚴厲的制止。Nobo轉向我，面無表情地說：「聽好了，我認真警告過你了。不要再攪和這件事，明白嗎？」

Nobo緊緊地攥住了拳頭。他想揍我嗎？最後，他的拳頭並沒有落到我身上，而是落在旁邊的塑膠帆布屋上。此時，Jamo那座用硬紙板、三合板、捆包用繩子搭建而成的房子開始嘩啦嘩啦地倒塌。

「給我住手！」

屋裡傳來一聲淒慘的喊叫。即便如此，Nobo還是一邊看著我，一邊繼續破壞這個屋子。

「你們倆也來幫忙。」

Jamo從硬紙板中爬出來。三人組繼續破壞這個屋子，他們把車輪也弄翻了，最後踢了一腳，才肩並肩向西口走去。Jamo目瞪口呆地站在變成廢墟的家旁邊，然後開始默默地收拾七零八落的生活用品。

「我來幫你。」

我正想伸出手，臉還發腫的流浪漢不高興地說：「給我住手！再也不要來這裡了！你就是個瘟神。」

既然別人都這樣說了，我還能做什麼？

「不好意思，因為我搞成這樣。」

在這個天還很亮的秋日午後，我拖著沉重的腳步回到店裡，心情跌到了谷底。儘管在這樣的時候，外頭還是晴空高照，絮狀雲一片一片悠閒地飄在空中。為什麼人類就不能像它們那樣，純潔無垢地飄浮著呢？人類真是麻煩的生物。

回到家後，我開始看店的工作。背景音樂又是憂鬱得宛如搖籃曲的布拉姆斯協奏曲。一架鋼琴真的可以慰藉人們的心靈。那種作曲家在晚年放棄一切的音樂，正好符合我此時的心情。

我一邊賣剛上市的豐水梨和長十郎梨，一邊想著關於流浪漢三人組、失業證明、零工失業保險的事。好像能連成一幅畫，但又似乎缺了一角。誰在管理從流浪漢那兒收集到的證明？如何管理？如何每天都能貼上印花？我覺得三人組做不了這麼多事情。假設他們每天需要二十人份的印花，僅這些就需要花費近三千五百日元。流浪漢不可能輕易拿到這些特殊的印花。

我繼續尋找著缺失的一角，但答案不會這麼輕易就浮出水面。我聽完協奏曲，又聽了敘事曲和狂想曲，然後又聽了第一和第二鋼琴協奏曲，卻還是一頭霧水。到了晚上，我決定暫時停止思考這個問題，等明天再說。或許睡一晚上就可以想出好主意，而且明天可以展開新的調查。

結果證明是我太天真了。第二天，形勢轉向了不好的方面。

第二天，一大早天空就陰沉沉的，雲層很厚。據天氣預報表示，關東南部地區會有局部暴雨。我又一次拜訪了名單上列出的四個位址。這次帶的便利商店禮物便宜了一點。每次都帶甜點，有些太奢侈了。

南池袋步行天橋下的阿元，鬼子母神參道的阿駿，池袋大橋下的阿E，鐵路橋下的Jamo，沒有一個人願意跟我說話。連一句招呼都沒有。他們甚至不願從硬紙板屋裡露個臉。我唯一的安慰是Jamo的屋子修好了。好像用一天的時間就能很快搭建好簡陋的屋子。如果沒有建築基本法的話，人類可以多麼自由自在地居住呀。

我走了半天，腿都累得快斷了，但依然沒什麼收穫。我一瘸一拐、步履蹣跚地頂著暴雨回到店裡。在暴雨天，我儘管打著傘，牛仔褲還是被淋濕了。沒有成果的勞動讓人身心俱疲。那天就連顧爾德演奏的布拉姆斯名曲，我也沒有聽進去。

那麼接下來該怎麼做？麻煩終結者正面臨前所未有的困難。

話雖這麼說，但我現在除了這份名單也沒有其他東西可以依靠。於是第三天、第四天我也只能像傻瓜一樣繼續拜訪流浪漢。不管是什麼人，每天都見面的話，漸漸就會發展出親密感。俗話說，讓人開口說話，比起北風，太陽公公會更有效。

到了這個時候，我開始覺得去便利商店買飯團都是件麻煩事。於是我帶了水果店賣剩的進口葡萄和四分之一的西瓜。一連幾天都沒有人搭理我，到了第五天，終於有一個人肯開口跟我講話了，他就是住在人行天橋樓梯下面的阿元。

我們一邊眺望夕陽照射下、明治通對面的高樓大廈，一邊坐在地上吃西瓜，並把瓜子吐到塑膠袋裡。如果把這附近弄髒，周圍的居民會向政府通報，那麼就連這個地方也住不下去了，因此清潔第一。

「喂，阿誠，你辦完這件事之後，就不會來這裡了吧？」

或許。但我現在還在調查中，所以不能這麼說。

「不會的，我會偶爾來探望你。」

阿元捋了捋半白的鬍子，瞅了我一眼。他好像什麼都看在眼裡。

「這樣的生活讓人感到最痛苦的是什麼，你知道嗎？阿誠。」

冬天的嚴寒、夏天的酷暑、弄到一日三餐；我腦子裡只能想出最一般的答案。

「不知道。」

阿元好像要吐露心聲似的笑著說：「最痛苦的是每天都是孤單一人，身邊沒有可以說得上話的對象。下雨的時候，說聲『哇，下雨了』；天熱的時候，說聲『今天也很熱呀』。像這樣簡單的會話，都沒有可以說的人。這裡和公園不同，這裡沒有其他同伴。」

孤單一人，在這個城市裡作為流浪漢生存著。他們一定是因為什麼原因，不得已才選擇了這樣的生活方式，而代價非常巨大。雖然這個世界上到處都擠滿了人，自己卻像不存在的透明人似的，跟任何人都說不上一句話。

「那是挺痛苦的。」

「阿誠是為了調查，才會每天來看我們。但即使如此，我還是覺得很開心。不過我不打算跟你說失業證明的事，因為我還想在這條街上繼續住一段時間。」

阿元說完又豪爽地笑了起來，然後大口咬下依然冰涼的西瓜。我也笑了笑，大口吃著快要過季的水果。原來和別人一起吃西瓜是這麼令人開心的事。這份開心不會因為是在人行天橋下吃，或是和流浪漢一起吃而改變。

但是，就連這種小小的樂趣，那些傢伙也不會放過。

這是我的失誤。

第二天，我看店的時候，手機響了。是洋介打來的。

「喂，我是阿誠。我這邊沒有要向你報告的，你那邊有關於失業證明的最新消息嗎？」

一般當自己這邊沒有消息的時候，人就會變得有攻擊性。可是紐帶協會代表的回話聲很急切。

「先不說這些。阿元被人襲擊，好像左手臂骨折了。」

我把手裡的雞毛撣一扔，捂住手機的話筒，朝人在二樓的老媽喊道：「我有點急事，看店的事就交給妳了！」

樓上傳來老媽的怒吼，我沒有理她，直接跑了出去。我一邊跑向西一番街的人行道，一邊向洋介問道：「阿元他現在在哪兒？」

「池袋醫院。我們的工作人員把他送去醫院了。誠先生能不能馬上過來？」

「嗯，我已經在往那邊跑去了。」

池袋醫院位於東口，是坐落於首都高速道路邊的一所中型綜合醫院。

「我現在也馬上過去，我們在病房裡碰頭吧。」

「知道了。」

我一邊跑，一邊掛了電話。跑過池袋東西口之間的通道，然後穿過三越百貨旁邊的小路，儘管是白天，這條路還是有點陰暗，我花了不到五分鐘就到達醫院。我的腿腳還沒有變得不靈活。再怎麼說，像我這種不知道什麼時候會被襲擊的人，逃跑的速度還是很重要的。

◆

阿元住的是四人房，就在進去後的右側病床。鬍鬚斑白的流浪漢坐在床上，臉上還留著被打過的痕跡，一隻眼睛的眼白由於內出血變得紅紅的，有點渾濁；他的左臂纏著繃帶，用三角巾吊在脖子上。阿元看到我，說道：「我被他們教訓了一頓。好像有人看到我和阿誠聊天，然後向那些傢伙告密。」

我的腦海中清晰浮現出三人組的臉。我不知道該說什麼，只是站在床角。

「原來如此。不好意思，因為我，害得你變成這樣。」

阿元搖搖頭。

「沒有，不是你的錯。主要是因為我太膽小了。那些傢伙讓我幹啥我就幹啥。」

流浪漢的眼睛變得堅毅，閃著亮光。那些傢伙把手伸向了不應該伸手的一類人。有些人在暴力面前選擇沉默，而有些人則選擇反抗。人類的骨氣是不可小覷的。

「喂，阿誠。我要把我們這個世界的醜事全都告訴你。」

我回答說等一下，洋介代表馬上就要過來了。在這個僅有四張床的病房，長時間聊天好像有點困難。

◈

十五分鐘後，我們來到醫院的屋頂上，床單和毛巾在這裡簌簌飄動。白色的布沐浴著秋天透明的陽光，閃閃發亮地隨風飄揚。我們坐在殘留著雨後痕跡的水泥地上，洋介和我在阿元的正對面。阿元把背倚在鐵絲網上，看起來很痛苦。但是，鬥志滿滿的流浪漢聲音洪亮。

「這件事的幕後牽涉到一間合格的建築公司——位於池袋本町的城用建設——你們聽過這個名字嗎？他們在承包明治通的地鐵工程期間，雇用了很多按日計酬的零工。」

我一邊做筆記，一邊回答：「沒聽過。是一間很大的公司嗎？」

「倒也不是很大，員工大約有十人左右吧。這間公司的社長，一個叫奧村的傢伙，是幕後的主腦。公共事業減少後，業務銜接不上，這時他便想到……」

洋介插嘴：「失業證明的失業保險金詐欺。」

阿元用鼻子哼了一聲。

「是啊。那原本是山谷❾等地的黑社會維持生計的一種手段。奧村先從那邊帶回來三人組——那三個人效命於黑社會，出賣自己的同伴——他們現在用同一種惡毒的手段，從池袋的同伴手中搶走失業證明。」

最後缺失的一角原來是建築公司。我潦草地做完筆記，說道：「但是，失業證明是僅次於生命的重要物品吧？他們怎麼能收集到幾十份呢？」

阿元用另一隻沒骨折的右手做了一個ＯＫ的暗號。

「用錢呀，這還用說嗎？」

我把錢也寫進筆記中。感覺自始至終都在寫錢的故事。

「那三個人剛開始裝作是大家的朋友，幫助、照顧其他人。流浪漢的生活時常會遇上一些出乎意料的事，急需用錢，譬如生病或失去工作；他們會借給遭遇困難的人兩、三千日元的小錢，並告訴他們什麼時候還都無所謂。」

剩下的事大致能想像出來了。在池袋，從灰色到全黑的高利貸業者多如牛毛。

「人類是很脆弱的，有便宜都想占。借上兩、三次，欠款也增加了。在很短的時間內，欠款就增加到幾萬日元的大數字；雖然對一般勞工來說，這並不是一筆很大的數目，但對於流浪漢來說卻是不小的金額。」

不管在哪個世界，都有動歪腦筋的壞人。

「然後突然有一天，他們開始要你們還錢。」我說道。

阿元點點頭。「對。而且利息還是每週一成。」

利息有的是十天一成，有的是每週一成。欠款像滾雪球般不斷增加，很快就會增長到一個還不起的數字。儘管我終於明白了這其中的玄機，但並不覺得興奮。

「然後他們就沒收向他們借錢那些人的失業證明。對於奧村和三人組來說，這可是想造多少錢就能造多少錢的魔法證件。」

「沒錯。城用建設捏造虛構的工作，假裝流浪漢幹了一天的活兒，然後把印花紙貼在證件上，兩個月後就可以拿到一大筆失業保險津貼，相當於印花保險費的幾十倍；而且，他們會讓本人去公共職業安定所領取費用，然後當場收回錢，僅給流浪漢兩、三張千元紙鈔當作跑腿費。這樣就完成了他們的陰謀。」

我合上筆記本說道：「如果是這樣的話就很簡單。阿元，你去警察局把這些話告訴員

❾是日本按日結算之零工聚集地，有很多簡易的住宿設施。

警，就可以懲治城用建設和三人組。失業保險的詐欺，如果是惡性的話也會判刑的。這樣，這條街上的流浪漢又可以恢復平靜的生活了。」

聽我說完，阿元和洋介的臉卻都黯了下來。然而秋天的天空仍是萬里無雲。

「阿誠還是沒明白我們的處境。遵紀守法的市民或許不害怕警察，但我們不一樣。我們中間或許還有一些人是通緝犯，所以任何人都不想與警方有任何瓜葛。而且，這次的事件，僅從形式上來看，我們也是失業保險詐欺的幫兇，所以我也不能對警察說些什麼。」

他說的一點也沒錯。我凝視著白色床單組成的牆壁。僅憑一塊布就可以遮住對面，使我們看不到對面的世界，就像我們生存的社會。洋介說道：「我擔心事件解決之後的事。或許政府機關和警察會齊心協力、共同加速街道的法規化；如此一來，這條街上的流浪漢一定會生活得更加痛苦。」

在陽光照射下，醫院的屋頂變得很暖和，我躺在上面。天空很藍，很高。到了秋天，好像天空也變得更透明了。從那上邊俯視的話，是不是在空氣底層生存的人類，無論是流浪漢還是其他人，看起來都像塵埃呢？

「那麼，接下來該怎麼做？不讓警察和政府機關介入，僅憑我們的力量能解決這個問題嗎？那些傢伙的行為很明顯是犯罪呀！」

洋介的聲音聽起來有點悲傷。「我不知道該怎麼解決，所以才苦惱呀。誠先生，你有沒有什麼好主意？」

為什麼世上的小鬼無計可施時，總喜歡把所有的問題都丟給我呢？我覺得非常不公平。但我有個怪癖，就是不會扔下他們不管。儘管腦中沒半點主意，但我還是拍著胸脯說：「明白了。我會想辦法的。」

一戴高帽就忘乎所以的人是無藥可救的，傻瓜從來不會記取教訓。這樣一個性格好、對音樂有興趣的知性男生卻不受女生歡迎。欸，我差不多應該從主角的寶座上退下來了。

當場解散後，我決定回到店裡。

這件事真是令人火冒三丈。為什麼受害人要畏首畏尾的，做壞事的人卻能優哉地過日子呢？就這樣回西一番街感覺很不甘心，因此我決定去參觀一下城用建設。我知道它在哪裡——池袋本町，位於川越街道北邊安靜的文教區；豐島學院、東京交通短大、昭和鐵道高校都聚集在那裡。

我很快就找到了城用建設的大樓。附近都是普通公寓和獨院別墅，不知為什麼會在這裡建一棟全白的建築。正面玄關處並排聳立著四根沒有品味的圓柱，很像希臘宮殿。圓柱後面是非常普通的四層樓舊宅。我面前的停車場上有兩輛車，一輛是舊款的Mercedes-Benz S級轎車，另一輛是輕便的客貨兩用車。

我坐在建築物對面的護欄上，觀察了三十分鐘左右。基本上沒有人出入這棟大樓，僅有一個穿著制服（確切地說是緊身裙）的ＯＬ去附近的便利商店買了一些東西。回家的路上，我總結了對這家公司的印象，非常簡單。

那就是徒有外表的一間公司。

解決方法不管什麼時候都是很簡單的，靈感就來自那時的印象。不過當時我什麼也沒有發現，心情煩躁地回到了家。那天看店的時候一整天都很焦躁。

在人類所具備的資質中，認真耐心等待是排行很前面的能力之一。我們任何時候都不要輕言放棄，要繼續等待。有時不需要特別做什麼，只是等待，事態也會產生變化。

第二天早上，我剛睜開眼，腦中就閃現出一個單詞。

（虛有其表！）

我馬上打電話給洋介。代表用睡意朦朧的聲音說：

「怎麼了？誠先生，想到好主意了嗎？」

我回答，是的。

「能不能借用洋介的力量，動員一下流浪漢呢？」

「什麼意思？」

我狡猾地笑了。「我想到團體談判這一招。可以幫助大家拿回失業證明。」

「這樣的話，發放救濟食品後的時間最為合適。到時把大家帶走就好；不過，究竟要去哪裡呢？」

「城用建設。」

之後我們碰頭商量了一下。盡可能在那條住宅街上集合更多的流浪漢，成功與否就在此了。假設第一次團體談判失敗，我們還可以反覆進行幾次。不管怎麼說，對方做了虧心事，是不會輕易找警察過來的；另外，住在周圍的良好市民要是報警的話，對他們也不利。

如果真找警察來，我們就全盤托出，這樣也不錯。

那天中午，我又提著西瓜去池袋醫院探望阿元。坐在床邊一起吃西瓜的時候，我對阿元說：「阿元，我有件事想要拜託你：能不能在下週二發送救濟食品時演講一段？我會帶大聲公過去。」

流浪漢大叔露出疑惑的表情。「為什麼非要做這種事？」

「因為我們要在不借助警方力量的前提下，奪回那些失業證明。看到三人組這麼橫行霸道，阿元你也很厭惡吧？那些傢伙如果沒有城用建設當靠山，就不過是些塊頭大的蠢傢伙而已。」

阿元的眼睛深處閃著光芒。「要怎樣讓那些傢伙上鉤呢？聽起來很有意思。詳細解釋給我聽吧！」

我告訴他讓流浪漢們從東池袋中央公園到池袋本町遊行的計畫。最好能一下子吸引人們的眼睛，也希望大家隨意活絡氣氛。阿元聽完後說道：「感覺很奇妙。之前我們總是很害怕引起別人的注意，現在卻要舉辦這麼盛大的遊行。」

「是的，給大家看一下你們努力生活的樣子。」

「明白了。我會事先通知幾個朋友，我們週二見吧，我也會準備好服裝。」

雖然不太明白他指的服裝是什麼，我還是點點頭。阿元好不容易鼓起幹勁，我不想在這時候潑他冷水。

回家途中，我打了個電話給國王。團體談判當天，如果三人組動起手來，感覺比較麻煩，因此拜託國王幫忙配幾個警衛保護流浪漢。在眾目睽睽的大白天，應該不會發生暴力事件，但以防萬一，還是事先和國王打聲招呼。

我在池袋街上度過了幾天無憂無慮的日子，等待決定命運的星期二。

秋高氣爽的星期二，我上午就去了東池袋中央公園。這次的救濟食品是不受季節影響的咖哩飯。在公園裡聞到的咖哩飯香真是美味極了。這次的隊伍長度是上次的兩倍左右。在發放救濟食品之前，紐帶協會的代表用大聲公向大家喊道：「接下來我們要發放免費的午餐。在此之前，希望大家能聽我說幾句話。吃過飯後，有一件事想請大家幫忙，是為了保護這裡所有同伴權利的一次集體行動。那麼，就請阿元說兩句。」

阿元右手握住大聲公，左手還纏著白色的繃帶。

「我的這隻胳膊，就是被叫Nobo的混蛋打到骨折的。在這裡的同伴們有很多人都挨過他們的拳頭吧？身體上的疼痛或許可以忍耐，但比起這個——被那些傢伙任意擺布——內心難道就沒有受到傷害嗎？」

人群中發出「說得好，說得好」的呼聲，那是和阿元事先串通好的流浪漢。

「就因為借了那麼點錢，重要性僅次於生命的失業證明被奪走，還被迫成了失業保險詐欺的幫兇，你們能容忍這樣的事嗎？即使是流浪漢，我們也是人呀！人的自尊跑哪裡去了？我們只是失去了家，並不代表我們連自尊也要拋棄！」

阿元是個不錯的演員。這次「說得好」的叫聲中，混雜了事先安排之外的其他男人的粗嗓門。

「聽好了。今天下午我們自動組織了些人，計畫去本町的城用建設抗議。那些傢伙也有詐欺的行徑，是不會報警的。我們把該說的說出來，從他們手中奪回我們的失業證明！有多少人的證明被那些人沒收了，請舉手。」

一百人左右的隊伍中，有半數人慢吞吞地舉起手來。

「你們想要回自己的證明，對嗎？」

剛開始只聽到微弱的「嗯」。但阿元是個天生的鼓動家。

「聽不到。用力大點聲！我們拿回屬於我們自己的東西，這不是理所當然的嗎？」

質問與回應來回了幾次，流浪漢們的叫喊聲大得足以震顫公園的樹木。氣勢不錯。吃完咖哩飯就可以出發了。

一直在我旁邊觀察的崇仔笑著說：「不錯，挺有意思的。與阿誠在一起，人生就不會無聊了。」

我把手放在胸口，行了個臣子的禮。

「那是當然了，崇仔。我可是這條街上的頭號英雄呢！」

從公園出發之前，發生了一件預料之外的事。聽說流浪漢中有一個專收二手衣的，他從各處撿拾別人丟棄不要的衣服，然後像批發商一樣推銷給自己人。阿元跟這個流浪漢二手服飾商打了聲招呼，那人竟然帶來了兩車的衣服，而且都是顏色鮮豔的秋季服裝。紅、藍、白、黃、綠以及橙色。吃過午飯的流浪漢各自選了自己喜歡的衣服，把自己打扮得很花哨。他們有的臉曬得黝黑、鬍子拉碴的，有的是光頭，還有的留著過肩的長髮；總之，是一個五花八門的遊行隊伍。

最後我用大聲公喊道：「好了，大家出發吧。我們的目的地是池袋本町的城用建設。但請大家注意，一定不要動手。除此之外，大家想如何吸引目光都可以，請根據自己的喜好大膽行動吧！」

我們就像某個超級窮國的奧運會代表團一樣，從市中心的公園昂首闊步地出發。秋日晴空高照、陽光清澈，把所有顏色照得閃閃發光，感覺一切都很完美——儘管這種感覺很少見，但我有時的確會這麼感到——此時的我們帶著這種感覺，一邊走在綠色大道上，一邊接受行人投來的注目禮。

整個世界都完美無瑕。

❦

十五分鐘後，我們來到白色柱子前方。阿元用大聲公喊道：「喂，奧村，你快出來！」幾個公司職員透過百葉窗看著我們。我們大約有六十人。這麼多身穿五顏六色舊衣服的流浪漢出現在這條寂靜的住宅區街道上，也很少見吧！只見附近的一戶人家趕忙把在玄關前玩耍的小孩拉進屋子裡。

不知誰開始打起拍子：「還給我，還給我，把證明還給我。」

有個興奮的傢伙一邊一圈圈地轉動手掌，一邊在柏油路上跳起舞來，像琉球舞蹈那樣，還有人在喊：去買酒來！此時，崇仔在我耳邊說道：「看到這樣的騷動，他們還能視若無睹幾分鐘？」

我認真觀察了一下周遭。重壓下的人們有時會在瞬間爆發。此時不能掉以輕心。

讓人備感意外的是，建築公司的人沒有採取任何行動，反而是三人組突然冒了出來。白色樓房裡靜悄悄的，大約過了二十分鐘，突然有一輛計程車停在我們面前。或許是奧村打電話把他們叫來的。Nobo從車上下來，突然喊道：「你們這群傢伙！難道忘了你們還欠我們錢嗎？」

阿元用大聲公反駁道：「我可沒向你借過錢。在這兒的同伴早就已經用失業保險還給你了，而且還是數倍奉還；如果你覺得不公平的話，快點叫警察來啊！」

大塊頭的光頭突然向五顏六色的流浪漢隊伍奔了過來。崇仔彈一下響指，G少年的三名精英立刻將他按住，然後用塑膠繩捆住他的手腳。他就像爬上岸的金槍魚，有力氣也施展不開了。

「聽好了，你們這麼做，我們可不會善罷甘休的。」

Nobo眼裡充滿畏懼，所以他這番話的威嚇力也少掉一半。畢竟我們這邊有六十個流浪漢外加G少年的人，而他們只剩兩個。這期間，打拍子的聲音和叫喊聲一直沒停過。

「還給我，還給我，把證明還給我！」

最後，攻破堡壘僅用了不到一個小時的時間。叫奧村的社長是一名矮胖的中年男子，看起來很面熟，他穿著毛料馬甲，踩著拖鞋從階梯上走下來。我看到他之後吃了一驚，感覺他很像某個製造偽劣食品的公司社長；或許這些奸詐的社長在某些地方都有相似之處，他們在自己的公司肯定是個獨裁者。我從阿元手中接過大聲公。

「你就是奧村社長吧？我們知道你利用失業證明進行失業保險詐欺的所有陰謀詭計。但是這裡的人都比較好說話，不想把你直接交給警方。」

奧村的聲音聽起來很可憐。「你們到底為什麼突然跑過來吵吵鬧鬧？給個面子，你們今天先回去；證件會還給你們的。」

他一看就不像個講信用的人。他一定想暫時把我們敷衍過去，日後再謀作戰策略。

在這種情況下，我拿出了手機。

「不行。如果你現在不歸還證明，我就立刻通知警方。你做的事屬於惡劣的詐欺行為，應該會蹲幾年牢吧，你的公司也會破產倒閉。而且，作為懲罰，你的公司將再也不能接公共事業的案子。」

社長的臉變得慘白。我說的是事實，他也沒法反駁。

「等一下，我只是替在場的各位保管一下證明而已，並沒有詐欺的行為；大夥兒好像有點誤會。」

這肯定是他第一次稱流浪漢為「大夥兒」吧。

「那麼保管就到此為止。快把證明還給我們，那本來就是大夥兒的東西。」

我轉向志願者代表。洋介正拿著數位相機拍攝。

「如果你不立刻把證明還給我們，我現在就打電話給警察，然後把這卷帶子賣給電視臺。這卷帶子清楚拍到了你的臉和你的公司。該怎麼做你自己決定，我們只給你三十秒鐘時間考慮。」

Nobo叫道：「等一下，社長！怎麼能聽這些傢伙的話？」

奧村怒氣衝衝地說：「吵死了。都是因為你們這些傢伙做得太過分了！」

我一邊看著手機的時鐘，一邊數道：「還有二十秒……十秒……」

如果奧村不屈服的話，我真要打電話給警方了。當我把手指放到撥號鍵上，矮胖的社長無力地垂下肩膀。

「好吧。證件還給你們，不要通知警方。」

五彩斑斕的流浪漢發出歡呼聲，還有人一蹦一蹦地跳了起來。

「你還得保證，之後不會利用三人組報復我們，否則真要請警方出面了。」

「明白。」

奧村社長點點頭，然後打開手機。好像是在打電話吩咐手下把證件拿過來。Nobo看起來很不甘心，瞪著我看了一會兒就走開了。在這裡已經沒有他可以做的事，雖然他的腦子缺一根筋，但這點他還是看明白了。

歸還的零工受保證明一共是五十二冊。正如它的名字「白本證件」，封皮是乾淨的白色。我們的遊行隊伍重新朝池袋中央公園前進。已經要回了證明，這間公司對我們來說就不重要了。

當天趁著天還沒黑，我們在公園裡舉辦了酒會。我和這條街上的幾十個流浪漢成了朋友。和他們聊天後發現，大家都是普通的男性，其中也有些人身上有股味道；不過每個人身上或多或少也都有點味道。

那天晚上我爛醉如泥地回到店裡，被老媽狠狠地訓斥了一番。多虧G少年精銳部隊的幫忙，我只是指揮一下，他們就幫忙關好了店。下次不僅拜託你們協助解決麻煩，也拜託你們幫忙處理一下我們店的事吧！說完，崇仔瞪了我一眼，那視線彷彿冰塊般冷酷。

這個故事到此結束，下面彙報一下後續情況。

到了深秋，紐帶協會仍堅持在每週二免費發放救濟食品。我也被邀請過去幾次，帶了一些水果，還免費吃了好幾頓；有紅燒牛肉馬鈴薯、豬肉醬湯、義大利蔬菜湯，都絲毫不遜於街上餐館的味道，非常好吃。代表當然還是洋介，他依舊沒完沒了地勸我入會，說是給我留著警衛以及調查部門負責人的位子。但我沒有回覆他。我討厭加入組織，即使是管理鬆散的也一樣。

我堅守和阿元的約定。有時，我拿著快要壞掉的水果去南池袋的天橋下，還在秋天的傍晚與年過半百的花白鬍子大叔一起吃帶蜜紫藤花的花蕊。路人一如既往地無視我們，好像把我們當做一對父子流浪漢那樣。但我完全不介意。

人類的自豪感可不是根據住的房子來衡量的。在秋天的公園，左胳膊骨折的大叔鬥志昂揚地演講時，那種自豪感誰也無法比擬。

池袋ウエストゲートパーク

聖誕老人的緣分

在資訊和物質充斥的現代世界，你知道我們最缺少的是什麼嗎？

關於這一點，年輕男女會異口同聲地說出同一個答案。由於缺少它，他們在接近聖誕節的時候，還在感歎孤身一人。但在商場的名牌店，或在平民經常光顧的百元商店，都買不到它；在日常生活中，一般也看不到它，沒有人知道去什麼地方才能找到它。

現在猜出來了嗎？答案就是「邂逅」。

當然，大家都在尋找「邂逅」，而且是非常努力地尋找著。他們從網路或雜誌上仔細尋找各種話題，例如時尚、流行、活動、餐廳以及受女生歡迎又很便宜的愛情旅館，但還是找不到對方感興趣的話題。

現在在日本，三十五歲左右的男性中有近七成、女性中有近五成都是單身；我現在也還是孤家寡人，不能說什麼風涼話，但這樣下去的話，社會學家預測的少子化社會等等，都會是過於樂觀的說法。因為全國有近半數人終身單身，有可能直到去世都沒有下一代。

為什麼時代愈發展，人和人的邂逅反而變得愈來愈困難了呢？日本人認為，只要生活富裕了，幸福就會尾隨而至，所以團結一致努力奮鬥至今。但生活富裕之後，卻產生了這樣一大批小鬼，他們喜歡一輩子都獨自一人的生活。欸，世界總是處於顛倒的狀態。

這次我講的故事是以邂逅為主題。本來在像池袋這樣骯髒的街上，這個故事未必如韓國電視劇的愛情故事那樣純潔，一旦涉及金錢，就會冒出無數的惡意騙子，他們會故意製造邂逅的機會或純潔的愛情，要多少有多少；這種邂逅的形式一小時四千日元，要事先安排——但實際上發生的是沒有任何污點的純潔愛情故事。

請大家不要誤會，邂逅愛情的人不是我，而是我的客戶。他是一名公司職員，體形像聖誕老人，長到二十八歲從未交過女朋友。這次，那些最壞的騙子竟然介紹了一個漂亮的公主給他，對他來說，這是一個有著幸福結局的故事。或許我應該向他學習，什麼時候也嘗試一下邂逅。

邂逅，一般一定會發生在最糟的地方。大家都過於熱中尋找高級地點了。

故事發生在溫暖的十二月，我正在學一點經濟方面的知識。三個月前發生的雷曼兄弟破產事件，導致世界經濟版圖發生巨變。渺小的池袋水果店看店人當然不會持有任何股票，因此對我來說，市場大跌其實是一件大快人心的事，是久違的壯觀場面。

店裡一如既往很清閒，在這一帶，也沒有需要我出馬的智力難題或是暗潮洶湧的麻煩。我在想可以試著拿存下來的零用錢投資小型股票。專業的投資銀行以及機構投資家都顫抖著從市場撤退了，正是在這種時候，無論身在何處都有勇氣的個人該上場了。

有一天，我正在店裡用之前一百日元買的電腦確認日經平均股價（跌破谷底八千日元了），突然聽到一個胖乎乎的聲音；為什麼就連聲音也分瘦瘦的和胖胖的呢？

「打擾了，真島誠先生在嗎？」

街頭投資家抬起頭，面前站著一位胖胖的公司職員，他身穿在雙價商店❶買的兩萬九千八百日元的西服，最先突出來的不是胸部而是他的腹部。這麼年輕就發福了。

「我就是阿誠。」

「是嗎？」那傢伙用悶熱的聲音回答道，好像很失望的樣子。為什麼我的委託人初次看到我的時候都是這種反應？大家都沒有看人的眼光。

「你是哪家公司的？找我有何貴幹？」

不愧是公司職員，這個肥頭大耳的男人辦事很圓滑。他先從身邊拿了兩顆葡萄柚，然後走進店裡。即使委託不成立，也對我們的小店貢獻了零用錢。我把葡萄柚裝進白色塑膠袋後遞給他。

「一共三百日元，多謝惠顧。」

❶雙價商店的西裝只有兩個價格，譬如兩萬九千八百日元和三萬九千八百日元。

他拿出一千日元，說道：「真島先生是池袋有名的麻煩終結者吧？」

聽他這麼說，作為謝禮，我是不是應該免費贈送這兩個葡萄柚呢？

「嗯，大家是這麼說的。如果你有事的話……」

那傢伙用走投無路的聲音打斷了我的話。

「拜託了。在池袋有一名身處困境的女子，她叫彩子，是個很不錯的人。她再被別人推一下，就要淪落到另一個世界了。請幫助她。我叫桐原秀人，拜託了。」

胖胖的公司職員突然跪下，緊握我的雙手，好像要親吻我的手似的，我感覺自己彷彿變身成了德蕾莎修女。當時，我手裡還攢著要找的零錢。

「好的，知道了。不要在店裡做奇怪的事情。」

我掙開他的手，跟二樓的老媽打了聲招呼，然後離開店裡，來到西一番街的馬路上。這一帶還是需要我的。看股票圖表對我來說太枯燥了。

❦

西口公園很冷，所以我們去了ROSA會館附近的咖啡廳。這家咖啡廳不是連鎖的，一直沒有倒閉真的很不可思議；在池袋有很多類似的個人商店，這條街是東京市內的城中村。

「告訴我你的故事吧。」

「我會盡我所能地支付您報酬，但我手頭上實在沒什麼錢。」

他的擔憂非常符合公司職員的特質。

「關於我的傳言，你好像沒有聽全吧？除了必要的經費，我基本上不收什麼費用。不過，還有一個條件：如果你的事情沒有意思的話，我也不會接。另外，婚外情調查、商業客戶的信用調查等，我也不做。你叫我阿誠就行了。」

胖子一般都比較怕熱吧？現在是十二月，這傢伙竟然點了杯冰咖啡。他咕嚕咕嚕喝完一整杯後，說道：「真島先生，啊，不對，阿誠先生，你聽說過交友咖啡廳或交友房間嗎？池袋也有好幾家名店，其中最有名的就是『Couples』。」

「從來沒聽說過。」

我比較欠缺風月場所方面的知識，以前是這樣，現在也一樣。如今莫名其妙的新詞好像愈來愈多了，比如次貸、CDS❷、交友咖啡廳等等。

❷全稱 credit default swap，信用違約掉期合約。

簡單總結一下秀人講的故事。

據說「Couples」是交友咖啡廳的旗艦店，它在東京有十二間連鎖。這家店地處池袋東口風化街的商住兩用大樓，是由普通公寓改建而成，裡面有很多小房間，每間坪數和膠囊旅館差不多，主要業務就是以時間為單位出租房間，客人則在房間裡等「良家婦女」過來。入會金額為五千日元，之後的基本消費金額是每小時四千日元。

空間僅如膠囊旅館，營業額卻可比擬愛情旅館。看來是件不錯的生意，而且和一般的風月場所又有區別。

「但是，這種交友生意吸引來的，真的都是良家婦女嗎？」

咖啡廳裡暖氣開得很強，秀人擦了擦汗。

「關於這點，客人也心知肚明。現在的世道，哪裡還找得到良家婦女。店裡跟客人收取一小時四千日元的費用，然後把一半的錢，即兩千日元，發給自稱為良家婦女的女子。比較機靈的女孩一般都是來打工的，好像偶爾也會有幾個真正的良家婦女誤闖進來。」

這下我忍不住喝了一口冰水。為什麼男人對「良家婦女」這個詞這麼敏感？我覺得光是聊天，一小時要價四千日元儘管有點高，但或許也不錯；如果去夜店，花的錢比這更多，也只不過是花錢買與酒店小姐聊天的時間而已。

不過，現在是銀根緊縮的時代。不是有人呼籲要一些物美價廉、更實在的服務嗎？我好奇地問：「在這種地方，大家不會提出玩點真槍實彈的嗎？」

不好意思，我說話比較直接。聽到我這麼問，秀人好像格外高興。

「這種情況下，一般都會先談價格。牆壁很薄，也沒有淋浴設備，所以在交友房間裡玩真槍實彈有點不方便；當然也有一些大膽的人。不過，我最近經常去，沒發現有人這麼做，因為牆壁很薄，隔壁就有其他客人。」

自己與客人交易、出賣身體，應該是老手吧？我開始想像，在蜂窩似的小房間裡，從白天就開始等待女人的那些男人們；他們很像城市的蟻獅。

究竟誰才是誘餌呢？是一小時花四千日元的男人，還是除了賺取打工費，還出賣身體以獲取更多金錢的女人？

東京的食物鏈還真是複雜。

「你剛才好像有提到彩子吧，這個女孩屬於哪種類型？」

秀人用粗粗的大嗓門生氣地喊道：「她當然不會出賣身體了！」

隔壁桌坐著兩位正在喝茶的主婦，聽到秀人的嚷嚷後一直盯著我們看。我壓低聲音說：

「拜託，你不要太激動。即使在池袋這樣的地方，賣淫也是違法的行為。你告訴我彩子的事吧。」

就法律而言，大街上隨處可見的往往也是犯罪行為，這就是文明。秀人的臉好像有點變形了。果然，人一旦洩氣就會眼角下垂、鼻子變長。秀人除了這些表現外，下巴處堆積的脂肪也由兩層變成了三層。

「彩子是個善良的女人。」

「是，是。」

我等著他接下來的話，但等了一會兒，再也沒有別的了。這個公司職員到底是怎麼一回事？

「喂，怎麼了？」

沒有回應也是情有可原。秀人一臉失魂落魄，還眼眶泛淚。我想到了失戀的海狗，或許比起秀人，海狗還更好對付些。

「不好意思，想到她，就覺得她太可憐了。」

「她的名字是？」

我從口袋裡掏出小本子和簽字筆。差不多該進入主題了。

◈

女子的名字叫齊藤彩子。

秀人說他不知道這是不是真名。據說他在「Couples」也沒有登記真名。

「那，入會的時候不需要身分證嗎？」

這是關鍵。最近不管哪類風月場所，要成為會員都必須出示身分證。電話交友俱樂部和交友網站都要求出示身分證。「Couples」很像特種行業，但又不是。它提供交友的機會，之後的事就要看個人的感覺和雙方的交涉了。它巧妙地鑽了這個漏洞，所以很短時間內就在東京各地開了分店，也就不足為奇了。

「不過，一家店僅靠一小時收取四千日元維持生意，利潤還是很少。」

我寫下了「利潤最大化」。資本主義的本質正是如此。

「什麼意思？」

秀人掃了一眼周圍，壓低聲音；一定還是和賣淫有關的話題吧。

「從今年夏天開始的半年時間，我大約去了『Couples』池袋店三十次。其中有三成左右的女人主動而明確地提出要和我玩一夜情。」

老手的比例為百分之三十。這個無關緊要，但我按捺不住好奇心，「行情是多少？」

「依照長相和年齡，價錢也有不同。一般是兩張大鈔❸，旅館開房費另計。」

兩張大鈔和嫖客，我覺得這一切逐漸變成體育報紙風月版的話題了。秀人好像也漸漸放鬆起來。

「『Couples』各店的氣氛都不一樣。巢鴨店清一色是中年家庭主婦，新橋店的ＯＬ比較多，秋葉原店則全都是宅女；我接觸的人中，有很可愛的女生，也有喊著要我快點脫光衣服的肉肉大嬸……」

秀人把目光投向遠方。他是在回想這個夏天的冒險之旅嗎？從某種意義上來講，他是個幸福的傢伙。

我對他的回想並不感興趣，潑冷水道：「差不多就行了；能不能回到彩子的話題？」

「啊，對不起，誠先生。彩子今年二十四歲。」

我寫下：自稱二十四歲。

「那，她還沒有賣身？」

秀人嚴肅地點了點頭。他突然舉起右手，大聲喊道：「服務生，再一杯冰咖啡。」

真是個令人討厭不起來的胖子。

❦

公司職員喝了一口新來的咖啡，連聲音都變了。這次不是商業模式，而是嚴肅模式。

「她不是自願去『Couples』的。她白天在高田馬場一家領先業界的專業商社當事務員。」

是真的嗎？我用提問打斷了他。

「是哪種類型的專業商社呢？」

「好像是與積體電路和記憶體進出口相關的。主要的貿易對象是臺灣和新加坡的企業。」

一般的自由業者無法立刻回答出這些東西。或許彩子真的是商社ＯＬ。

「但是，她在交友店，也是打工吧？如果自己不主動去這種店，又是怎麼開始的呢？」

秀人不甘心地點了點頭。

「是的。這類店家不是風月場所，不必在警察局備案；話雖如此，他們也不能拒絕喝醉的客人投宿。因此，他們背地裡都和某些組織有掛勾，而彩子就是和那些組織有瓜葛。」

❸ 指一萬日元的紙幣。

不只是池袋，在日本夜晚的街頭經常出現這種荒唐的故事，我一邊提前寫下答案，一邊說道：「她要向某個組織交保護費。」

「對、對，原來術語叫做『保護費』呀。就像Secom或Alsok❹那樣的組織。」

這兩家公司和黑道組織不一樣吧？或許保全公司之流的人聽他這樣說會很鬱悶。發生麻煩之後他們都會匆忙趕來幫忙，從這點來看，黑道和保全工作很相似。我在筆記本上寫下：某個組織與彩子有一些牽扯。

「是因為錢吧？」

我拋出這把適用於任何問題的萬能鑰匙。秀人乾脆地點點頭。

「對。但那是彩子母親的負債。」

這樣故事就變複雜了。我翻開筆記本新的一頁。

❦

聽秀人說，彩子的母親獨立撫養她成人。但自從彩子專科畢業、開始工作後，她母親好像就變了一個人。每個月彩子都會按時寄生活費給母親，沒想到她母親竟染上不良嗜好。

那就是吃角子老虎。

聽說糟就糟在，剛開始玩的時候，她憑藉初學者的運氣，贏了二十萬日元左右。現在進展到白天在遊戲機上玩——不過，政府對遊戲機的管制也愈來愈嚴格——晚上就去地下吃角子老虎一夜暴富的非法機臺上玩。

「這樣的話，有多少錢都不夠花呀！」

這是最容易理解的墮落模式。但是，日本每年都會有幾萬人因玩吃角子老虎和彈珠臺而墮落。

「彩子的母親最後向來路不明的組織借了錢。」

「嗯，是啊。」

沒有必要再問了。在那個世界，欠債是沒什麼道理可言的，催債也非常急，即使像城市銀行這種正大光明的金融機構，催債的時候也自有一手。還要有責任無限上綱的連帶保證人，這和奴隸制度沒什麼兩樣。

「放高利貸的逼彩子償還她母親的債務。」

「然後，他們就和熟悉的店家打招呼，開始讓彩子在那兒工作。」

秀人在第二杯咖啡裡放了很多砂糖。從黑色液體的最底部翻滾起透明的漩渦。

---

❹這兩家均為專業保全公司。

「是的。她打工的錢全部用來償還欠債了，但即使這樣還是不夠，現在他們向她施壓，要她賣身還債。他們說接客的話，必須給店裡回扣，這樣可以更快還完欠款。」

秀人的眼睛裡又蓄滿了淚水。這個男人究竟是個怎樣的人呢？

聽完，我問了一個關鍵的問題。「你和彩子是什麼關係？」

在下一個瞬間，我看到了最不想看到的情景。那就是三十多歲的大男人臉紅的樣子。

「我們是……那個……」

真討厭。我都不想在這一帶繼續當偵探了。

為了讓他冷靜下來，我故意潑了他一盆冷水。

「你和她做過嗎？花兩張大鈔。」

秀人環視了一下四周。沒人對我們這一桌感興趣。

「怎麼可能。雖然我每次都指名叫她。」

「那麼，彩子並不是你女朋友，你只是一個對她有好感的客人。」

在任何時代，事實都是最殘酷的。沒有異性緣的男人暗戀一個女人，而她現在面臨危險，因此男人想盡辦法去救她，最後男人被無情地甩了。這是我喜歡的故事類型。如果女人是個美女的話，就沒有任何怨言了。我合上筆記本說道：「明白了。那麼，我這邊也稍微調查一下。付錢吧。」

我伸出了右手。

「你剛才不是說不要錢的嗎？」

「我說了呀，我現在要去『Couples』找彩子聊聊，不這樣做的話就無從開始；總之，先給我兩張大鈔。」

秀人痛苦地揉了揉臉，然後發出悲憤的聲音：「我現在沒帶那麼多錢。」

「沒關係，我們一起去ＡＴＭ領吧。」

我覺得自己好像變成了放高利貸的，但偶爾這樣做一下也挺有意思的。

在西一番街的彩色瓷磚道上，我和胖胖的公司職員分開了。

我手裡有兩張一萬日元的紙幣，還有記錄彩子出勤情況的筆記本。由於彩子白天要工作，所以她在「Couples」的工作時間是每天下午七點到閉店的晚上十一點。一天的打工費是八千日元。由於她母親的欠債有幾百萬日元，所以按照黑市的利息計算方式，他們的本金並沒有減少，欠的債卻一直在增加。在這個世界上有些金融機構，最好不要和它有任何瓜葛。社會上的對沖基金或許也是類似的東西。

我回到水果店，選了一個適合在店裡聽的音樂。時值十二月，提起聖誕曲的經典古典樂，還是巴哈。特別是他的《聖誕清唱劇》，今年好像有不錯的新版CD上市。

我推薦你聽一下瑪德琳娜．柯翠娜❺的《韓德爾：詠歎調》（HANDEL: ARIAS），特別是第四曲目〈凱薩大帝〉（Giulio Cesare in Egitto）中塞斯托（Sesto）的詠歎調〈喚醒我的心〉。聽完之後，你會感覺到一股沉靜的勇氣流遍全身，讓你覺得即使是世界性的金融危機，也可以想辦法度過。

我一邊聽著柯翠娜的女中音，一邊打開手機。她的聲音就像帶著熱氣的無色透明玻璃管般清澈。如果想打聽這條街上的特種行業，還是找專業的人比較好。

❧

不知為什麼，猴子剛接起電話就不太高興。

「阿誠呀，什麼事？」

感覺不像自信滿滿的羽澤組本部長代理。

「怎麼了，沒什麼精神呀？」

猴子的聲音更低沉了，挖苦地說：「是呀，我們這邊的情況，也和你們正經的生意差不多呢。」

「生意不好做？」

我也感覺到生意變差了。

「是呀，你們水果店自從九月中旬以來，生意也不好吧？」

說的沒錯。一旦日經每日平均股價暴跌千元，沒有人會買五千日元一顆的哈密瓜。

「你那邊也不行嗎？」

「是呀，賭博、飲食、地下特種和正經生意都不行。每家的客流量都跌了三成；我們老闆已經滿腹牢騷了。」

由於經濟不景氣就讓你少交一些錢；毫無疑問，世界上沒有這麼有良心的大老闆。

「對了，你要說什麼？」

「猴子，你聽說過交友房間嗎？」

---

❺ Magdalena Kozena, 1973-，捷克女中音歌唱家。

話筒那邊奇異地靜默了一瞬，然後猴子的聲音突然一緊，直著嗓子說：「那是我們要拓展的新領域。目前有好幾間連鎖店，名字聽起來都很土，像是『Couples』、『Sweet heart』、『Double rainbow』等等。」

不愧是羽澤組的年輕幹事，他們占據了池袋幕後世界的三分之一。

「你知道是哪家在收取『Couples』的保護費嗎？」

「不知道。我們正打算研究一下呢。那我先去調查好了。阿誠，你那邊又碰上什麼麻煩事？」

我一邊看著白天記的筆記，一邊在電話裡跟猴子說明了一下。故事主角是胖胖的、沒有異性緣的公司職員，和為了償還母親債務將要被迫賣身的ＯＬ。感覺即使把這個故事的背景換到江戶時代，好像也適用。

「還不太清楚，我正要去查一下。」

「去哪兒查？」

「交友房間『Couples』。」

猴子大聲笑了出來。聽到別人發自肺腑的笑聲，是件很開心的事。

「明白了。調查出什麼結果的話，我再打電話給你。如果阿誠發現什麼需要我們幫忙的，也跟我說一聲。對了，我們大老闆也經常問起你呢。」

我想起大老闆那張像銀行職員的臉。他要是又來挖角就麻煩了，所以我基本上不想跟他太親近。

「謝了。我再打電話給你。」

猴子從鼻子裡笑了一聲：「不過，阿誠你也差不多該認真找一下女朋友了。馬上就是聖誕節和新年了，你還沒有一個女朋友呢。『Couples』是個不錯的機會……」

我沒聽他把話說完就啪嚓掛了電話。猴子又不是我老媽。

⚘

晚上接近七點的時候，我換上剛洗過的牛仔褲、穿上這個冬天剛買的黑色ZARA毛衣，外面套了件優衣庫的藍色羽絨夾克。我從店鋪旁邊的樓梯走下來，和老媽打了聲招呼。

「我出去一下。晚上關店之前回來。」

「敵人」斜眼看了一下我今天的打扮。

「咦，今晚打扮得不錯呀，要去哪兒？」

真是個麻煩的女人。幸虧她沒有癡迷於吃角子老虎。我故意說：「去找女朋友。」

老媽和猴子一樣，從鼻子裡笑了一聲：「呵呵，女朋友是隨便就能找到的嗎？」

我露出不當回事的笑臉。在池袋光憑這張笑臉就能迷倒兩、三個年輕女性吧。

「現在可是二十一世紀，有專門賣交友機會的，一個小時四千日元。」

老媽沉默了一下，她還沒搞懂我在說什麼吧？其實連我自己也不太清楚。

我出了西一番街，穿過地下道。聖誕節要到了，街頭充滿濃濃的節日氣氛；P'PARCO❻前，穿著紅色衣服的聖誕老人正在發傳單，是一個圓滾滾的老外，長得有點像秀人。他硬塞給我一張紙，我就拿了。宣傳單上寫道：「為您規劃美麗的邂逅。放心、省錢、廣受好評！為認真對待愛情的人量身打造的相親網站——@marriage。」

比起驚訝，我更感覺到佩服。原來如此，處於金融危機下的日本，最缺少的原來是男人和女人的邂逅。經營這家相親網站的是一間大型信用卡公司。這是間正經的公司，不是什麼騙人的交友從業者。

不管是地上還是地下，交友都成了流行的新興行業。我認真思考是不是該關了水果店，去規劃一個交友網站。如果動用G少年和羽澤組的關係，可以召集到很多女生；說不準會就此誕生新一代真島財團。

我出了池袋東口，順著鐵路沿線的偏僻小徑走了一段。夜晚的風呼嘯穿過鐵絲網，真冷。我要去的住商混和大樓位在離東口風化街稍遠的鐵路一角，那家店在連防盜門都沒有的舊辦公大樓的四樓。往小路深處看去，能看到三家愛情旅館的招牌。過招牌再往前幾十公尺處，可以看到「有空房」的藍字。

深呼吸之後，我踏進有點暗的大樓。

❦

電梯上到四樓，正對面好像是間普通的設計事務所。牆上貼著列印的簡易傳單，寫著「Couples請往這邊走↓」。走廊寂靜無聲，只有中間被日光燈照得泛藍。這座破舊又沒有人氣的大樓裡，真會有邂逅的機會嗎？

但是穿過那段走廊後，氣氛突然發生變化。一扇不鏽鋼門裝飾著富有聖誕氣息的金絲緞，門中央掛著一個做工精美的花環。我拉開門把手，聽到一個熱情洋溢的女聲：「歡迎光臨。」玄關脫鞋的地方和普通公寓一樣大，左手邊是鞋櫃和拖鞋架，鞋櫃裡面裝滿男人的黑

❻是池袋PARCO百貨的分館。

色皮鞋，右手邊是前臺。

「客人，請出示一下您的會員證。」

前臺後方坐著一名女子，露出職業性的微笑，她的體格看起來很像女子摔跤選手——應該說更像是大猩猩。我不知道《金剛》裡還有母猩猩。

「我第一次來。」

女子的表情突然一亮。

「那我來為您介紹一下本店的營業項目，請您先填寫會員資料。」

文件板夾上夾了一張Ａ４的複印紙和圓珠筆。我拿到後坐在玄關角落的椅子上，開始填寫。居住地址、姓名、年齡、聯繫方式。秀人說過不需要身分證，所以我就隨便填了一下，寫了我在ＩＴ公司上班。前面幾項都是常見的問題，但最後有一欄要填寫來店的目的。

你要找的是？①戀人②性伴侶③付錢交往的對象

沒有其他選項了，想得我頭疼。我覺得很麻煩，所以在每個選項上都畫了圈，然後交給前臺的女子。

「謝謝。那我開始說明一下本店的方案。」

基本上都是費用說明。我之前都已經記在筆記本上了。延長時間每三十分鐘收取兩千日元，這個沒有變，基本價格也和我記下的一樣。最後「女金剛」說：「請您到六號房間。今天會有好多可愛的良家婦女來呢，請稍等一下。」

從前臺後面的門裡傳來女人的笑聲。那門後一定是打工者待命的房間吧。這家店暖氣開得特別強，我覺得太熱了，於是從前臺旁邊的自動販賣機上買了瓶礦泉水，然後忍不住問了句不該問的話——

「不好意思，我想問一下，你是不是也會來房間呢？」

「女金剛」莞爾一笑，眨了眨塗了很多睫毛膏的睫毛，對我送來秋波。

「是的，如果您有需要的話。」

對女人的回答，我沒有做出回應，逕自沿著昏暗的走廊往裡面走去。

◆

走廊兩邊緊湊地排列著廉價的門。我按照貼在門上的提示一路向前，一直來到走廊盡頭右側的第六個隔間。裡面大約有一張榻榻米大，而且有一半的空間被長椅占據，長椅的對面則是二十吋超薄電視，還放著一盒紙巾，不知道要做什麼用。這個單人房幽暗、毫無情趣又淒涼，房間裡還放著麻醉般的輕音樂。

過了五分鐘左右，敲門聲響起。

「晚安。」

進來一個非常有朝氣的女人，三十歲上下、滿臉笑容，很難想像她是做什麼工作的。她身穿V字領帶金線的黑毛衣，以及顏色黯淡的及膝裙，好像腿和腰都比較結實。讓我評分的話，一百分的標準只能給三十分。時薪兩千元的價格也就如此了吧。

「你是第一次來吧，是學生嗎？」

「我不是學生。這裡有哪些類型的女孩呢？」

「你是不是想找更年輕點的？這裡的女孩子類型很多。不過，反正都要做的，比起年輕人，還是年長的、技巧嫻熟的更好吧？怎麼樣，不去旅館嗎？只要兩萬日元，旅館費另計。」

女人說得乾脆，一點都不扭捏，當然也不顯得害羞，說話的口氣就好像只是去便利商店買包洗衣粉。

「不好意思，我不太瞭解這家店，所以今天沒有帶錢。下回吧。」

女人聽說我沒有錢，立刻變得無精打采。她是三成老手之一嗎？沒辦法，我只能和她閒聊。不過，我對這個女人和聊的話題都沒什麼興趣，閒聊感覺像在拷問似的。

在單人房裡和話不投機的老手閒扯了三十分鐘。這次的工作還真是辛苦。

第二個女人非常瘦，志向是當一名設計師。她穿著緊身牛仔褲和茶色皮夾克，夾克的拉鏈一直拉到脖子。她好像是某個美術類專業學校的學生，和她這種類型的女人絕不能講黃色話題。她坐在椅子另一端，身體緊繃。雖說都是打工，不過還真是什麼人都有。

她對我說了一些最近廣告設計的情況，而我對這種事一點興趣都沒有，感覺很無聊。

三十分鐘後，女人鬆了一口氣，出去了。

這個店的制度是在兩個小時內可以和四個人說話。

但是我沒有時間了，也不想再待在這種交友房間。比起金錢，我寶貴的自由更重要，我可不想再把時間浪費在這種地方。我裝作要去洗手間，經過前臺。「女金剛」好像是這家店的店長。

「不好意思，我是朋友介紹來的。他告訴我，這裡有一個非常可愛的女孩——剛才的兩個當然也不錯，但是下一個，能不能幫我安排那個女孩呢？」

「女金剛」的態度還算不錯。儘管她剛才故意第一個就安排老手，想快點把我趕去旅館——因為這裡的規定是，一旦出了這家店就不能再反悔回來，外出之後的費用也概不退還。

「哎呀，您一開始告訴我不就好了嘛。那個女生叫什麼名字？」

我裝作不好意思地回答：「彩子。聽說是普通的ＯＬ。」

「好，好，彩子呀。原來您喜歡那種認真型的女孩嗎，請您在房裡稍等一下。」

真是一個友好的「女金剛」。

❦

不一會兒，傳來輕輕的敲門聲，好像在懼怕什麼似的。每人的一舉一動都會反映出這個人的個性。從微微打開的門縫傳進來一個低低的聲音。

「晚安。我可以進來嗎？」

我用盡可能紳士的聲音回答：「請進，你是齊藤彩子吧？」

她吃了一驚，然後朝走廊左右張望了一下。彩子讓人聯想到一種動物——羚羊。羚羊只要聽到一絲動靜，就會立即跳起來、消失在大草原的草叢中。彩子雖然算不上大美人，不過長得非常可愛，配秀人可惜了。我壓低聲音說：「不用害怕。我只是想和你說話。請進。」

彩子尖尖的下巴輕輕點了點，走進第六間隔間。

◈

我打開超薄型電視，上頭正在播放歌謠節目。不知從何時開始，人們要求歌手必須具備更高的調侃能力，歌手不唱歌，而是在那兒閒扯。我稍微調高音量，一切就緒。即便有什麼地方藏了竊聽器，也無法聽清楚我們的談話內容。

「我是真島誠。我從秀人那兒聽說了你的事。」

彩子又點了點頭。一副楚楚動人的樣子，喜歡蘿莉風格的人或許會喜歡她。雖說如此，怎麼看她都有二十五、六歲了。

「首先我想確認一下，你認識桐原秀人嗎？」

「認識。他經常來我們店裡，指名點我。」

「那他口中彩子現在的處境，都是真的？」

能夠想到的真相有很多種，譬如一切都只是秀人這個跟蹤狂的幻想，或是彩子想從男人那兒騙錢、故意裝可憐，又或者僅僅是這個女人有嚴重的撒謊癖。可是彩子好像很為難。

「你是指我母親的事？」

我點點頭，想給她一些勇氣。要談論自己父母的污點，任誰都需要勇氣。

「她沉迷於吃角子老虎，已經無可救藥了。我明明記得她說戒了，後來卻說什麼也不承認。她不只向我借錢，還經常撒謊、向周圍的人借錢，說我生病了，或是我發生了交通意外之類。」

她已經病入膏肓了。賭博成癮和意志力的強弱無關，成癮症就是一種病。

「如果是這樣的話，家人怎麼做都是白費力氣，快點帶她去看心理醫生吧。賭博成癮症在醫療保險的範圍內，而且還有專門的門診。」

聽了我的話，彩子好像很吃驚。

「不僅僅是喜歡賭博這麼簡單嗎？」

「沒那麼簡單。這不是性格和意志的問題，據說是腦子裡產生奇怪的物質。」

「是這樣嗎？」

「是的。就算你們母女相依為命、相互扶持，有些事情還是辦不到。我不是專家，沒辦法解釋得很清楚，但我覺得，你愈是庇護令堂，你們的痛苦時間就愈長。」

關於這類問題，沒有簡單的答案。彩子的嘴抿成一字，眼裡充滿了淚水。她拚命忍住不讓眼淚落下。

「你明白嗎？你得盡快帶你母親去醫院。要是放任不管的話，或許她會為籌得賭博的錢而去偷去搶；這樣要去的就不是醫院，而是監獄了。你別再收她的爛攤子了。」

彩子終於忍不住，兩顆圓滾滾的淚珠分別從她的眼角滑落。

「但是，Loans Testarossa❼的人……」

一聽名字就知道，這家高利貸比較喜歡義大利車。

「你愈刻意隱瞞，他們那邊愈有恃無恐。如果你把母親的賭博成癮症和欠債都放到檯面上說開，那些傢伙反而會無從下手；況且還有律師和警察。」

任何時候，敵人都在自己心中，或說是自己在心中幻想出來的世界。人們會想像，如果把某些事公開，自己就活不下去了，因此絕對不能告訴別人。這是最常見的喜劇。彩子好像陷入了沉思。此時，我羽絨夾克口袋中的手機響了。

我從手機蓋的小液晶螢幕看了一眼來電顯示：是猴子打來的。

❼ Testarossa：法拉利生產的一款跑車。

我小聲地問：「猴子，你查到什麼了嗎？」

與上次不同，這次猴子聽起來很開心。

「嗯，挺有意思的。託你的福，我找到幾個好玩的線索。」

「跟我說一下。」

「等一下，我怎麼覺得你那邊好熱鬧呀？你竟然在看電視上的歌唱節目，很罕見呢！」

我可不是想看才看的。我一隻手翻開筆記本。

「行了，快點說你得到什麼消息，現在我正一籌莫展呢。」

猴子沮喪地說：「你這傢伙，就是缺少一顆感恩的心。聽好，我要說了：『Couples』的所有人兼社長是中藤憲明，今年五十六歲，好像一直在做保健一行，據說沒什麼大作為，現在靠交友房間終於熬出了頭。池袋店的店長是中藤的妻子，也是副社長，叫美香子，好像是拓展新店的高手。平常她都在池袋總店，遇到有新店開張，她會掌管一段時間，直到新店步上正軌。據說，與社長相較，這位副社長更有一手。」

我一手拿著手機，一手做筆記，字寫得很潦草；只要認得出來寫什麼就好，沒關係。

「那個叫美香子的女人，是不是長得很像《金剛》裡的猩猩？」

「你怎麼連這個都知道？好像體型很壯碩。」

就是那個「女金剛」。

「他們的保護費交給誰？」

「交給一個叫 Adria 企劃的獨立組織。那個組織挺弱小的，好像只有六、七個人，就靠收取幾家風月場所的保護費過活……」

我插了嘴。總是不能安安靜靜地聽人把話說完，這是我的壞毛病。

「黑市的貸款公司是叫 Loans Testarossa 嗎？」

猴子在電話那頭歎了口氣。

「答對了。你知道的話就早說啊！」

「不好意思，我也是剛剛聽來的。」

猴子哼了一聲。

「算了，無所謂。先從結論說起：如果我們搞垮 Adria 企劃，讓他們不再插手『Couples』，我們就可以收取這家在東京有十二間連鎖的所有保護費了；這是我們的計畫。況且它還是一個發展中的公司。」

聽起來不錯。彩子也不哭了，不敢置信地看著正在講電話的我。

「對了，猴子，你聽說過『Couples』有人賣淫的事嗎？」

猴子在電話那頭大笑起來。

「你在裝什麼蒜呀？像那種地方，不就是為了做這檔事才去的嗎？」

「不是你想的那樣。那些打工的半職業化婦女不是自己主動想做的，而是店裡人安排、介紹她們賣淫的工作；作為回報，店裡會收取一些回扣——我說的是這種賣淫。」

「唔。」猴子沉默了。

「如果他們只是出租房間，再讓客人自己交涉，這樣就沒什麼問題；但是，如果是像剛才阿誠說的那種做法，警方應該會插手吧？這可是明顯的組織賣淫活動。」

我在意的正是這點。如果抓住這件事不放，或許能找到解決問題的鑰匙。這是處於快速成長期的新色情業交友房間的弱點。

「有什麼方法可以搞垮這家店和Loans Testarossa嗎？」

猴子好像已經描繪出一幅美好的願景，自信滿滿地回答：「我已經想好了。像這種小組織，我們只要切斷它的收入來源，用不了幾個月它就會結束；具體來說，只要我們的組織把『Couples』的保護費截取過來即可。如果收入減半，Adria企劃也將覆沒。」

不愧是能力超強的外聯部長兼本部長代理。我道謝之後，掛斷了電話。彩子一臉堅毅地看著我，好像下定了決心。

「我明白你的意思了。我回去和媽媽說說看，再去找Loans Testarossa交涉。」

「你先不要著急。我也會和秀人一起再想想其他辦法。」

如果她當時能聽進這句話就好了。我跟彩子要了她的地址和電話號碼，然後離開了房間。我實在不想繼續待在這間單人房裡了。

我走到前臺，「女金剛」——即副社長中藤美香子跟我打招呼。

「這位客人，您覺得怎麼樣？彩子的服務還滿意吧？您還有三十分鐘。我們的規定是提早離開概不退款。」

我從鞋櫃拿出我的籃球鞋套進去。

「這次十分開心，下次還會再來。」

「女金剛」露出一副很黏人的笑容，遞給我會員證。

「這是我們俱樂部的會員證。下次請帶著它。」

我接過嘩啦啦作響的塑膠卡片，背面的姓名欄寫著「吉岡誠」。這是和我有難解之緣的、池袋警察署生活安全科刑警的名字。

對不住了，大叔，僅在這種時候，借用一下您的大名。

那天晚上，我一邊聽著韓德爾，一邊思考該如何幫助彩子脫離「Couples」的掌控，卻怎麼也想不出個好主意。任何麻煩剛開始的時候都是這樣。一般我比較擅長四處閒晃，而不是思考。

交友房間、高利貸、弱小的黑社會、不幸的母女和胖胖的公司職員；我能從這些元素想出什麼計畫呢？結果還是沒有任何頭緒。我打算放棄、準備去睡覺時，時間已經過了一點半。像我這種體力勞動者早上還要早起呢。我賭氣睡了。

第二天我在半睡半醒中開了店。我拉起鐵捲門，開始在店鋪前擺水果。因為已經養成了習慣，閉著眼睛都能做。我出了一身汗，在店裡面休息的時候，手機響了；是猴子打來的。

「喂，阿誠。即使在這種不景氣的情況下，也有人生意比較好呢。」

他說的不是我們家水果店，這一點可以確信。我們家水果店就像花都巴黎一樣，漂浮而不沉沒❽。

「猴子，到底是什麼事；好消息嗎？」

「對經濟來說是個好消息，對我們來說，則是多了一個收入來源。」

我抬頭看了看冬日的太陽。今天天空有點陰沉，氣溫不到十度。

「我一會兒要把法國洋梨堆到筐子裡，你快點說。」

「打擾你工作了。『Couples』在網站上打了很花俏的廣告，好像要一口氣開三家新分店，分別在赤羽、大井町和中目黑；馬上就有好戲看了。」

「嗯，原來是這樣呀。」

猴子不懷好意地笑了。「對了，你昨天去池袋店了吧？我們組的人在東口看見你。我也想去現場驗證一下那種買賣的真實情況；那裡的女人怎麼樣？」

「有『女金剛』副社長、老手的大嬸、自稱藝術家的年輕女子；只有一個比較正常。我完全不明白為什麼這家店會那麼受歡迎。」

這是我的真實感受。任何事從外面看和從裡面看完全不一樣。如果那也算快速成長的行業，我覺得現在的水果店對我來說就足夠了。

當天傍晚，店裡沒什麼客人，我正在聽韓德爾的時候，手機響了。電話那頭是彩子的慘

---

❽巴黎城市的格言，巴黎市徽上的拉丁文FLUCTUAT NEC MERGITUR，英語譯為「He who rises with the wave is not swallowed by it」。

叫聲。

「不好意思，誠先生，請幫幫我們；馬上過來，出事了！」

我現在能理解急救人員的心情了。光聽她這麼說，真不知道該出發去哪裡。我冷靜地問：「你現在在哪裡？」

「東池袋。」

「發生了什麼事？」

「我們去找Loans Testarossa，結果、結果，秀人先生他……」

這次輪到我發出慘叫。

「你們突然跑去找高利貸的人交涉嗎？」

「是的。之前是你說要我去的。」

彩子好像比較缺乏社會常識。橫豎都要去，明明有保護自己的方法，譬如找律師陪同。

「那麼，秀人為什麼會在那裡？」

「昨晚我打電話找他商量，他說要陪我一起來……然後，就發生了這樣的事；我真不知該怎麼道歉才好。」

一陣像揉搓硬紙板的沙沙聲後，聽筒裡的聲音變了。

「是我，桐原秀人。我找到了有用的資訊，代價就是被狠狠地揍了一頓；啊，好痛！」

「你被打了哪裡？」

「腿。現在連走路都有點困難。」

我已經走出店門。

「待在那裡別動，我開車過去；你們在東池袋的哪個地方？」

「城市網路大廈前面。麻煩你了，誠先生。」

我跑向水果店後面的停車場，發動日產DATSUN❾皮卡。

在灰色和粉紅色相間的城市網路大廈前面，我看見了彩子和秀人。秀人坐在護欄上，抱著自己的膝蓋。看到我之後，他洋洋得意地說：「原來內行人是不打別人臉的；他們只踢我右側的大腿。」

彩子擔心地看著秀人。

「都是因為我，對不起。但是，秀人先生非常勇敢，他用自己的身體保護了我。」

❾DATSUN是日產的一款經濟車型，從二十世紀八〇年代淡出日本市場。

我在秀人耳邊悄聲說：「對了，你多久沒交過女朋友？」

秀人怕彩子聽見，壓低了聲音悄悄回答：「二十八年。自從我出生以來，就沒有交過女朋友。」

原來如此。他當然會拿出自己最大的勇氣，當女孩子的盾牌了。不過，小小的打擊對他來說也沒什麼，都被脂肪吸收了。我扶著秀人，把他送到DATSUN上。駕駛席的長座位可以坐三個人。最後，彩子鑽了進來。

「暫時先去我家吧，我們開個作戰會議；我還沒聽秀人說他找到的有用資訊。不去醫院可以嗎？」

秀人用力點了點頭：「我是蹺班陪彩子一起去的，所以不想太張揚。」

「明白了，那還是去我家吧。」

從東池袋到西一番街，開車大約六、七分鐘。途中我問了受傷的原因。聽他們說，他倆去了高利貸的事務所，和負責人談了一會兒。彩子說要帶母親去醫院看診，還債的事，則要和律師談過之後再決定今後怎麼做，自己也不打算再繼續償還債務，不想去「Couples」工作了。

「但是，不管彩子說什麼，負責人就只是冷笑。」

秀人被踢的那條腿是不是很痛？看他一直流出油油的汗水。

「你們連律師都搬出來了，他不害怕，還有心情冷笑？他的聲音也聽不出一絲慌張嗎？」

「沒錯，他只是陰森森地笑著。」

我覺得事情背後一定不單純。彩子又說：「負責人還說：『快點給我出去。我們這邊和你已經沒什麼關係了。』」

這是什麼意思？秀人說道：「好像是Loans Testarossa把債權賣給『Couples』了。他們說如果是關於錢的事，我們自己找『Couples』的副社長交涉。」

「但是，借錢的是她母親，女兒沒有償還的義務呀。對了，彩子，你沒有簽過什麼奇怪的文件吧？」

車上的彩子一副垂頭喪氣的樣子。

「應該沒有。不過他們之前告訴我，有一份減輕債務的申請書。」

秀人朝著旁邊的彩子大喊：「你不會簽名了吧？」

蘿莉型ＯＬ輕輕點了點頭。真是無可救藥的故事。我說道：「但這些都是陰謀。如果走法律途徑起訴他們，我們會贏的。怎麼辦，秀人？事情太複雜了，我們現在就商量一下該怎麼解決吧。」

或許我有點不管三七二十一了。既因為粗心大意的客戶，也因為一路快速成長的交友房間業務。

彩子說道：「我想起來了，我從援交的人那兒聽到，她們好像都欠『Couples』的錢。她們和我一樣，本來是向Loans Testarossa借錢，不知什麼時候債權轉移到了『Couples』，才不得不在那家交友房間出賣身體。這種經歷的人有好幾個。」

皮卡正好行駛到接近池袋大橋的地方。西邊天空出現火紅的晚霞，池袋建築群那可以與晚霞媲美的霓虹燈照亮了整個池袋天空。我現在終於理清了這件事的來龍去脈：為什麼「Couples」會向Loans Testarossa——也就是Adria企劃——這種弱小的組織交保護費？這種小組織輕易就會被羽澤組滅掉，受他們保護有什麼意義？

那個交友房間為了低成本獵取到賣淫的女性，利用了高利貸組織。他們把因為欠債而一籌莫展的女人的債權買過來，然後用少得可憐的報酬指使她們賣淫。這些女人就是生金蛋的母雞。只要能確保這個獵取途徑，每個月交一點保護費對他們來說很划算。秀人聽我說完「Couples」的詭計後，說道：「這樣的話，即使現在經濟不景氣，他們也能維持快速成長。」

是的，完全沒錯。他們巧妙地利用了財務槓桿原理❿。

到我家之後，老媽看到秀人和彩子，表情有點奇怪；是覺得他們倆不搭配，還是我突然帶兩個正經的公司職員回家不太正常？秀人的腿腫得更厲害了，於是老媽用冰塊和塑膠袋做了一個冰袋。老媽的語言總是很粗魯。

「用冰袋敷一下就好。把你的褲子脫下來。」

在彩子面前，秀人不好意思地脫下了西裝長褲。彩子把冰袋放到秀人腫得通紅的大腿上。秀人看起來非常幸福。

「你為了彩子的事，蹺了多少天班？」

秀人抓了抓頭。腿上的脂肪一晃一晃地搖動。

「我從來沒有連續幾天不上班。一般都偶爾去公司露個臉，因為要彙報；我是經常在外面跑的業務，所以在時間上比較自由。」

說著，他皺了一下眉頭。

---

❿指的是在經濟活動中，通過使用他人的資本，來提供自己資本的收益率。即投很少的錢卻能賺很多的錢。

「不過，要趕緊做自己的本分工作了，不然這個月的業績可能會達不到。而且也快接近年尾了。」

日本的上班族很忙碌，即使這個二十八年都沒交過女朋友的憨厚秀人也不例外。今晚就必須解決這件事。

為了保險起見，我打了個電話給猴子。聽完我的提議，猴子很高興，還借給我幾個年輕的幫手。對於羽澤組來說，這可是向將來的客戶展示自己實力的大好機會，來幫忙也是理所當然。

晚上接近十一點時，我們開著DATSUN離開家門，目的地是東口的「Couples」池袋店。我把車停在住商兩用大樓對面的鐵路旁，等候「女金剛」出現。過了十一點半，副社長把裝得鼓鼓的手提包夾在腋下，從玄關裡出來，身旁還有一個紅髮男子。秀人說：「那個男的是Loans Testarossa事務所的傢伙；他也踢了我一腳。」

「是嗎？知道了。」

我簡短地回答後，打開車門，然後走到鐵路旁邊沒有行人的小徑上。「女金剛」和保鑣停住，吃驚地看著我。

「能跟你們說兩句話嗎？」

我非常有禮貌地對他們說，但紅髮男子卻突然叫嚷道：「你這小子，想怎麼樣！你不知道我們是Adria企劃的嗎？」

這種時候你應該打出XX組的名號，聽起來才像以前黑社會的名字嘛。而Adria這種聽起來像服裝公司的名字，可達不到任何虛張聲勢的效果。副社長緊緊地抱住手提包。那裡面大概裝著滿滿一天的營業收入。

「你是昨天來我們店裡的人吧？」

「沒錯，我有話跟你說。」

「女金剛」完全沒聽我在說什麼。

「如果你想要錢，我可是一分都不會給你。」

紅頭髮拿出手機，馬上開始搬救兵。

「大哥，快點把大夥兒都帶過來；我們在池袋店前面，快要被小鬼襲擊了。」

紅頭髮好像有點疑神疑鬼。他慌張地四下張望。我說：「我不會跟你們動手的。我只想說幾句話，也不想要你的錢。」

我朝著DATSUN大喊：「過來一下，彩子、秀人。」

看到這兩個人走過來，副社長更是一臉莫名其妙。

「彩子，你想做什麼？難道你忘了還欠我們很多錢嗎？」「女金剛」歇斯底里地喊道，和她在前臺坐著的時候簡直判若兩人。我說：「她到底欠你多少錢？」

「女金剛」得意地說道：「七百萬。」

彩子叫道：「等一下！我母親從Loans Testarossa那只借了三百多萬日元。」

「那我們不知道。那邊依多少利息、借你們多少錢，和我們無關。我們只是買了債權，而保證人是彩子你。你要一分不差地還我們七百萬。」

一輛計程車在住商大樓前面急煞。男子一個個從上面跳下來，加上紅頭髮一共五個，是誰都不想在夜裡撞上的五張非常暴力的臉；他們將我們團團圍住。紅頭髮趾高氣揚地說：

「你們別想就這麼回去。」

我舉起右手。男人們從鐵路旁邊的天橋下、小巷深處、住商大樓消防梯處亂紛紛地湧了出來。站在最前面的是擔任羽澤組本部長代理的猴子。他以眼神和我打招呼，然後冷笑道：

「我是羽澤組的齊藤，這一帶可是我們的後花園。請注意最好不要動手動腳，阿誠只是想和你們說幾句話。」

現在的處境和剛才顛倒過來了。Adria的人被三倍人數包圍著，他們看起來好像變小了。

「阿誠，說吧。」

我朝昔日的同班同學猴子點了點頭，開始發言。

「我的請求很簡單。希望把彩子的欠債更改回原本的金額。另外，同意她辭去交友房間的工作，今後不准再和她有任何接觸。就這樣。反正你們讓她簽的都是違法合約，如果我們訴諸法律，打贏官司的顯然一定是我們。」

然而敵人也很強大。副社長毫不示弱地說：「既然如此，你可以去法院或其他地方告我們；但在判決下達之前，需要花幾個月甚至幾年的時間吧？這期間，你母親沉迷於吃角子老虎的事、你在交友房間工作的事，都會公諸於世——而且律師費也是一筆不小的開銷。一邊要支付高昂的律師費，一邊要忍受世人的閒言閒語，你受得了嗎？」

就是因為她的這番話，很多女性都淪落了。即使是有勝算的判決，失去的東西也太多。彼此怒視的男子們沒有行動。只要有一方動作，就會開始一場戰鬥。十二月的夜晚，空氣中瀰漫著劍拔弩張的氣氛。

「等一下！」用顫抖的聲音大喊一聲的是秀人。「我們沒有說一分錢都不還給你們。彩子和我會拚命工作償還這筆錢的。現在只是想懇請你們同意她辭去『Couples』的工作，拜託了！如果你們不同意的話……」

秀人怒目仰視著「女金剛」。在保護自己喜歡的女人時，他的氣勢像水蒸氣般馬上要噴發而出。副社長叫道：「如果不同意的話，你想怎麼樣？」

接下來輪到我出場。

「我們會把所有的事都透露給警方。在『Couples』有很多因積欠債務被迫接受援交工作的女人吧？你們從這些女人的工資中收取回扣，還幫那些想買春的客人介紹女人；你們提供自由的交友場所只是一個幌子，真實的業務是組織賣淫。副社長，你的『Couples』沒有性交易的營業許可吧？」

「女金剛」的臉變得通紅。我鎮定地繼續說道：「池袋店一百公尺前就有一所小學，如果我們在校門口散發『附近有組織賣淫店家』的宣傳單，你猜會怎麼樣？」

沒有必要再說下去了。「女金剛」一臉蒼白，她強壯的身體內彷彿傳來心碎的聲音。副社長徹底投降了，回答：「明白了。彩子，你從明天開始就自由了。只要你還給我們一半的錢，三百五十萬，咱們就兩不相欠。不過，剛才的話你不許告訴任何人。」

我點點頭。「瞭解。」

「女金剛」敲了敲紅髮男子的頭。「你們這群傢伙一點用都沒有，一聽到羽澤組的名字就開始發抖，我繳給你們這麼多保護費有什麼用？走吧！」

Adria企劃的男子撤走後，羽澤組的年輕小夥子們也消失了。猴子走到我面前說：「偶爾扮演一下G少年的角色，感覺也不錯。這次我們沒能發揮戰鬥的實力，有點遺憾。」

我們舉手擊掌後，在深夜的鐵路旁分道揚鑣。我沒有送彩子和秀人，不知道他倆在深夜去了哪裡。不過，可以確信的是，彩子一直是秀人的枴杖。希望這個二十八年都沒交過女朋友的男人，能收到一份天大的聖誕節禮物。

第二天，我重新開始看店。

秀人和彩子這對公司職員情侶，之後也進展得很順利。據彩子說，那個胖胖的身體就像聖誕老人，讓她覺得值得依靠，感覺還不錯；秀人則為了填補之前不足的業績，如今穿梭在池袋的大街小巷中努力工作著。有時候他會來我們店裡，但一定會買些水果帶回去，真是個善解人意的社會人。

最終，羽澤組開始向「Couples」收取保護費。

猴子因為這次拓展新領域的業務，得到冰高組老大高度的讚賞。遺憾的是，這種好事只維持了不到一個月。我遵守與「女金剛」的約定，沒有採取任何行動，但池袋署生活安全科的人也不是白混的。

新年過後，警察廳聯合各地的警察署，一舉取締了拓展至十五家店面的「Couples」各個營業點，罪名是涉嫌組織賣淫；社長中藤憲明和副社長美香子都被逮捕。現在「Couples」

的公寓只剩下空蕩蕩的房間和招牌。保護費當然也變成零，猴子直抱怨自己的運氣不好。

我個人認為，男人和女人的邂逅不是靠別人來安排的，也不是一小時多少錢買來的。只要有真心，邂逅總會不期發生。人會在無法預料的絕妙時間，在正確的地方遇到正確的人。看一下二十八年沒有女朋友的圓滾滾聖誕老人現在的幸福生活，就知道我說的沒錯。

所以，我也在等待正確的邂逅到來的那一刻。

不過，在那個時刻來臨之前，我並沒有打算守身如玉地安靜過日子。

池袋ウエストゲートパーク

Dragon tears——龍涙

世界會漸漸變得愈來愈廉價吧。

這種傾向不僅體現在年年都在低俗化的文化層面，而且還體現在衣、住、食等面向，這些行業的價位也以凶猛之勢一路下滑。令人懷念的通貨緊縮再度死灰復燃，優衣庫這種普羅品牌的牛仔褲只賣九百九十日元；某某房屋零押金、零禮金❶，月租僅要一萬八千日元；便利商店的便當價格全面崩盤，甚至看不到底限，飢餓的高中生只要三百日元就能填飽肚子。更不用說股票以及房地產了，全球都已經暴跌至半價以下，甚至還有跌破地獄谷底大拍賣的一折股票。日本泡沫經濟爆發至今已有二十年左右，現在據說全球又要陷入經濟泡沫了。真是無可救藥。

不過無可救藥的不僅是你我這樣普通的日本人；所有物價都下跌時，工廠的環境將更加惡化——我好像講過非正式雇用的故事——看到中止雇用的新聞，確實令人氣憤；不穩定的派遣員工，至少還能死守住《勞動基準法》規定的最低工資（都、道、府、縣各不相同，以東京為例，一小時七百六十六日元）。

而非正式的派遣員工底下，還有更慘的、處於社會最底層的階層。在那個階層，時薪僅有三百日元，而且被認為是理所當然，就像奴隸般勞動。他們在終年無休的二十四小時工作

❶主要用於關東地區的名詞，租客剛租下房屋時除了房租和押金，還要支付房東一筆禮金，該款項在合約解除時不退還。

制的工廠，每天連續工作十二個小時，月薪不到十萬日元。在黃金之國日本，他們無怨無悔地繼續製造著通貨緊縮中的低價成品。他們是龍的子孫。

這次我講的故事，是關於來自中國農村的研修員、實習生。你問兩者有什麼差別？其實沒什麼差別。這是我從穿著黑西裝的型男那兒首次聽說的，據那位研修員顧問說，第一年是進修，從第二年開始僅僅名稱改為「實習」，酬勞當然不會漲，假期也不會增加。這些中國製造的、活生生的機器人已成為生產設備的一部分，以至於他們自己好像都覺得這是理所當然的了。

我們現在生活在一個非常複雜的世界。在這個世界上，無論是太昂貴的東西，還是太廉價的東西，同樣都得提高警覺。看起來閃閃發光的高檔貨，價格可能只是遭人合法拉抬；廉價得讓人吃驚的便宜貨（不過，不可思議的是完全看不出很廉價）或許就是踏著誰的血和淚而實現的非人大拍賣。

在時尚並且高品味的高消費社會中，買東西這個行為已經從經濟學的領域平穩過度到倫理學的領域。

我們在百元商店買杯麵的時候，請把手放在胸口好好想一想。

這碗濃濃的排骨口味泡麵，包含了誰的多少眼淚？

說起池袋這個春天的話題，想必大家都知道了吧？

這起事件基本上是全國性的新聞，我想有很多人是在傍晚的節目報導中看到的；在西口和北口，不知從何時開始，陸陸續續冒出超過兩百間的中國商店，他們聯合提出一個宣言，即《池袋China Town宣言》。

離ＪＲ池袋站半徑約五百公尺處，聚集著各式各樣的中國商店，像是中華料理店、中華雜貨屋、中華洋行、中華ＤＶＤ屋、中華網咖等等。中華圈，也就是中池共榮會的代表，發表了東京第一個新中華街的設想。

其實這和我們家的水果店沒什麼關係。我們家店的客人都是日本人，中國的客人基本上都不會來。俗話說，物以類聚。在池袋，店鋪之間形成了邊界。日本人開的店聚集的都是日本人，中國人開的店聚集的都是中國人。

不過，我們家的店主卻不怎麼看好China Town的設想。老媽橫眉豎目地說：「開什麼玩笑！那些傢伙又不交城市會費，也不會參加商店協會，垃圾隨便處理，還很吵！我堅絕反對China Town的設想。」

我老媽屬於日本一般的勞動階層，她的意見可說能夠代表西口商店協會的全體；對我來說，怎麼樣都無所謂。我只是看店的，覺得春天到了真是太好了。我是一個怕冷的城市孩子，而且春天到來，水果店的戰鬥力會一下子提升。

佐藤錦是高級櫻桃，長崎甘香是一種高級枇杷，大小是普通品種的兩倍；葡萄則有透明感且大顆的亞歷山大麝香葡萄。第四個出場的是重量級水果——哈密瓜，其中有皇冠哈密瓜，還有綠寶石哈密瓜。我們這家乏人問津的店現在一下子變得華麗起來。我根據自己的審美觀，開始裝飾像工藝品似的高級水果，根據水果的顏色和質地，非常和諧地將它們搭配起來。看著如此精美的擺設，我甚至覺得把它們賣掉真是太可惜了。我身體裡果然流動著藝術家的血液。

然而，就連在風和日麗的春之藝術家的地盤，也一定會有麻煩出現。

這次的話題又是和中國相關——世上所有事情都是彼此聯繫的。中國和日本是一衣帶水的鄰國——當時我還想像不到China Town深處的黑暗，以及悲慘的研修員。

最初看到那個男人時，我很快就把視線移開了。

迎著春天的微風，一名男子來到西一番街上。他穿著緊身黑色西裝，繫著像線那般細的黑色領帶。雖說如此，他的氣質既不像八九三❷一般粗暴，也不像男公關那般過分華麗，反而給人一種有點可憐的感覺，和我們店客人的氣質完全不一樣。

他逕自走進水果店，看著我的臉說：「您是真島誠先生吧？我有件事想拜託您，能占用您一點時間嗎？」

非常流利的標準口音。他走近後我仔細端詳了一番：他長得一點也不遜於崇仔，是個型男；或許為了掩飾這一點，他還戴了一副黑色的粗框眼鏡、提著黑色皮革公事包。

「什麼事？我很忙。」

型男環視店裡。春天的午後，客人為零。

「是安藤崇先生介紹我來的。他說這條街上有一個人非常瞭解背後的世界，他幫助別人不是為了錢，而是為了正義。這人就是真島先生。」

他說的奉承話我只聽進去一半。這個男人很聰明，而且也有背景。不過，聽到這麼流利的標準日語，感覺有點奇怪。如果你以為東京人人都像NHK播報員那樣說話，你就大錯特錯了，其實大家都還保留著各自地方的口音。我試著胡亂猜了一下。

---

❷日語讀作YA KU ZA，「黑社會」的意思。

「你是從中國哪裡來的？」

型男露出一副稍微吃驚的表情。

「透過我講話的方式就能猜出我是中國人，這幾年來就只有真島先生一個。我叫林高泰，現在是一名顧問，主要的服務對象是從中國過來工作的研修員。」

西一番街的人行道上鋪著彩色的瓷磚，春天的陽光滿滿地灑在上頭，真是個令人心曠神怡的午後。只有穿黑色西裝的型男與這個場景格格不入。如果可能的話，真想就這樣看店就好了；任何人都有想偷懶的心。小林說：「有個女孩失蹤了。只剩下一周的時間。」

我完全聽不懂他在說什麼，不過倒是引起了我的好奇心。這個人好像很懂得運用資訊。

「一周之後，會發生什麼事？」

「督察介入，然後強制將兩百五十名研修生驅逐出境。」

我更丈二和尚摸不著頭腦了，卻也勾起我想聽整個故事的欲望；好像非常有意思。老媽正在二樓看之前錄好的一堆韓劇，我朝她喊了一聲：幫我看一下店！穿著黑色西裝的顧問和穿著牛仔褲以及今年流行的海軍風格橫條T恤的我，兩人默默地朝池袋西口公園走去。

再過一周，公園裡的染井吉野櫻就會開花了吧。

櫻花樹的枝枒上已經三三兩兩地長出了朱紅色的嫩芽。我和小林坐在櫻花樹下的長凳上，太陽曬得不鏽鋼的長凳有點發燙。由於經濟不景氣，公園裡的流浪漢及其預備軍好像變多了。一如既往，有兩組吉他手在圓形廣場彈著難聽的吉他。

「真島先生，你瞭解外國人的進修制度嗎？」

小林如廣播員般的聲音很舒服地傳進耳朵裡。

「一點都不瞭解。」

「國際進修協助機構於一九九一年時成立；之後，外國人可以以三年為期限在日本工作，接受技能培訓。」

他說的好像是另一個世界的故事。我從來沒遇過研修員。

「然而事實上，派給研修員的全都是日本人不願從事的艱苦、骯髒、危險工作。」

微風從我們身邊吹過，吹散了與這麼好天氣不協調的談話。

「你說的是3K❸工作嗎？」

小林瞥了我一眼，好像微微一笑。

「雖說現在處於空前的經濟大蕭條時期，基本上也沒有日本人從事這類工作。」

---

❸艱苦（kitsui）、骯髒（kitanai）、危險（kiken），是為3K。

我把目光投向廣場對面的長凳。流浪漢正悠閒地舉辦象棋比賽。

「等一下，我在電視紀錄片裡看過很有錢的中國人，那個男的有好幾輛不同顏色的勞斯萊斯，經常換著開。中國經濟現在不是很好嗎？也沒有經濟泡沫吧？」

「那是沿海城市。」小林冷靜地回答。他把身子挺得很直，以流利的日語說：「中國分為兩個世界，即城市和農村，城市居民的收入是農村的數十倍，農村的年收入現在也不過三到四萬日元。」

「這樣的話，去城市工作不就好了？比起經濟不景氣的日本，好工作不是多得很？」

小林一臉哀傷，輕輕地搖頭。我第一次看見這位型男用某種方式表達自己的感情。

「在日本，無論你出生在何處，都可以去自己喜歡的地方、做自己喜歡的工作；有自由真好。」

「中國不一樣嗎？」

「有戶口問題。」

「戶口，是什麼？」

「戶口相當於日本的居住證明，上面標示了每個人的出生地和應該居住的地區，在那以外的地方生活和工作基本上是違法的。農村戶籍的人不大可能獲得城市戶籍。真島先生出生在富裕的日本，生活在繁華的東京，很難想像這種生活吧。」

我大吃一驚。在同一個國度，竟然有一道無法踰越的牆，牆內外則有幾十倍的貧富差距。在日本僅有正式工、非正式工的區別，看樣子日本這一島國的差距還比較小。小林勉強笑了一下，又說：「因此，農民們奔赴黃金之國日本追逐夢想。在這個國度從事3K工作、拚命努力三年的話，可以賺十五萬元；這相當於貧苦農民一輩子的收入。」

我坐在西口公園的長凳上陷入沉思。如果告訴日本人三年能賺兩億日元的話，全日本的小鬼都會蜂擁而至吧。看來關於日本的黃金故事❹並不只是傳說。

「但是，工作還是很辛苦吧？」

小林依然保持冷靜。這男人暴露過自己的弱點嗎？

「沒錯，所以會有人逃跑，儘管很罕見。出現逃跑的人，對於接收他們的日本工廠和送他們出來的中國機構來講，都是非常不幸的事。」

他漂亮的臉上露出一絲憂鬱。之後他告訴我的事情讓我非常吃驚。

❹ 馬可波羅在《馬可波羅遊記》裡描寫日本的黃金產量極其豐富，並稱那裡的宮殿和民宅都是用黃金造的，把日本稱為黃金之國。

是不是該回到剛才提到的失蹤女子話題上？我有點著急地問道：「失蹤的女孩是被捲入犯罪，或是其他的麻煩事裡嗎？」

「現在還不知道。但是，從雇主那兒逃跑是非常危險的，逃跑的人肯定會在某個地方找份工作，因為他們就是為了賺錢才來到日本。如果他們在規定以外的地方工作，就會被視為非法勞動，一旦被抓住，會因違反《入境管理法》，遭到強制驅逐出境的懲罰。」

這麼說，不管現在的工作環境有多糟，他們也不能自由更換公司。絕對不允許辭職，也絕對不允許跳槽。在我看來，這簡直讓人窒息。

「但只是跑了一個女孩子，其他研修員都在工廠裡認真工作，不是嗎？」

小林斜眼看了看我，像在嘲笑我。

「世上哪有這麼便宜的事情。日本政府對研修員可沒那麼仁慈。」

「什麼意思？」

「河南省某個仲介機構，派遣了兩百五十名研修員到茨城縣的三間工廠。如果有人失蹤，即使只有一個，也會遭到很嚴厲的懲罰。」

「這麼說，不只是逃跑的女孩……」

「沒錯。從那個仲介機構派遣來的所有研修員都會被強制驅逐出境。如果有過一次驅逐出境的記錄，五年之內都不能再回到日本。要想來日本工作，需要經過層層篩選，競爭非常激烈，通常是幾百人爭取一個名額，因此一旦失敗，就沒有第二次機會。仲介機構也會遭受懲罰，即三年內禁止派遣。當然，日本的工廠也會一下失去許多既便宜又能幹的勞力。對於所有相關人士來說，都是一個悲慘的結局。」

原來如此。現在我終於能看清全貌了。

「所以，那個什麼省的仲介機構才雇用了會說日文和中文的顧問，主要是盯緊研修員，不讓他們逃跑；你就是監工吧？」

這個穿黑色西裝的男人就是專門盯著研修員的監工。小林笑了笑，露出誇獎孩子的表情。「太厲害了。真島先生真聰明。」

聽到這不帶任何感情的廣播員語氣，我覺得好像被人當成了傻瓜似的。我粗魯地說：

「不是只剩一周的時間了嗎？那個女孩叫什麼名字？」

「郭順貴。十九歲。就是這張照片上的女孩。」

在一座泥土色的小棚屋前方，站著身穿白色短袖T恤、一臉嚴肅的少女，和一名上了年紀的女性。年輕女孩長得挺秀氣，像憎恨什麼似的，狠狠地瞪著相機；她身旁的女人和她長得很像，可以確信兩人有血緣關係，但看起來很老，所以或許不是她母親，而是她的祖母。貧窮催人老。

我從不鏽鋼長凳站了起來。

「接下來呢？你特地從茨城跑來這裡，是不是在這條街上發現尋找小郭的線索？」

小林不急不徐地從腳邊的黑色公事包中拿出一張皺巴巴的小宣傳單。我接過之後看了一下，上面寫著：**保證月收入達二十萬日元，工作地點東京，歡迎同胞**。下面寫了一行手機號碼，最後寫了大大的「東龍」二字。

「這個東龍是池袋的中國人組織。」

我聽過這個名字。如果在檯面上發表了China Town設想的話，在地下開始培養這類組織也是很正常的事。任何樹木，枝葉都是和根同時成長的。

「但是，也可能是她在其他地方有熟人，逃到那裡去了。」

顧問雙手抱胸，陷入沉思。

「研修員一般只往返於工廠與宿舍之間。那個宣傳單發到宿舍附近的便利商店，我覺得除此以外，沒有能和小郭接觸的人。要是真像真島先生所說的，我就沒轍了。將兩百五十人強制驅逐出境的話，對仲介機構是一筆很大的損失。」

該怎麼做呢？有用的資訊還是太少了。關於東龍，我曾聽說過一些不好的傳言。

「不好意思，我先回店裡，試著調查一下。林先生，你有何打算？你要不要打那個電話問問看？」

「最好不要。對了，真島先生，您是不是有點兒飢腸轆轆？」

吃過午飯已經很久了。我是個健康的男人，所以對吃的東西和美麗的女孩一直都處於飢渴的狀態。

「餓了。對了，你從哪兒學的『飢腸轆轆』❺？」

小林從西裝口袋裡掏出一本筆記本，嘩啦啦翻了幾頁給我看。

「我每天都在學習，沒有一天不查辭典的。那我們走吧。真島先生，我想去參觀一下China Town。」

黑色西裝的男子站起身，我們默默地走出春天的公園。我在離開西口公園之際說道：

「對了，不要再叫我『真島先生』；饒了我吧！這讓我覺得好像是在和學校老師說話似的。」

小林用修長的指尖推了推樹脂框的眼鏡。「那我應該怎麼稱呼你比較好？」

❺原文中用了「小腹」（kobara）一詞，意為「肚子有點兒餓」。外國人能使用這種微妙說法的並不多，在此譯為「飢腸轆轆」。

「叫我『阿誠』就行了。我叫你『小林』。」

「明白了。走吧，阿誠，我知道一家好吃的四川料理。」

我們蹓躂著穿過池袋站前，回到了西口。這一帶的大樓有半數掛著某種中文招牌。中華料理店還可以進去，但中國的網咖，以及對面的電影和電視節目DVD出租店，對於日本人來說門檻就有點高了。

小林顯得很隨興。我們走進一棟住商大樓，窗玻璃上貼滿我從未見過的漢字；進到地下，臺階和牆壁看起來都油膩膩的。店裡密密麻麻掛滿了紅色豎條的菜單，以黑色與金色馬克筆寫著菜名和價錢。坐到櫃檯後，小林說：「道地的擔擔麵和水餃，怎麼樣？阿誠。」

完全看不懂菜單的我，傻瓜似的點了點頭。

「都行，你點吧。」

小林用漢語快速地點了菜，然後和大廚聊起天來。我茫然地看著大廚，由於語言不通，即使這麼有能耐的我也無法發揮超群的知識面和幽默感。大廚好像對小林的問題不太高興，剛開始還和顏悅色的，這時卻重重地把話拋出來。

「小林，你問他什麼？難道是避稅的方法嗎？」

小林一點也不著急。即使搞得別人不開心，自己也一副無所謂的樣子。這種性格正是和日本人不同的地方。

「我問他每個月向東龍交多少錢。」

確實是個讓人感覺不舒服的問題。

「答案是？」

「這一帶的店鋪都被強制徵收了。據說每個月要交五萬日元。」

砰的一聲，一個大碗從頭頂上落下來。瘦瘦的大廚瞪了我們這邊一眼，好像在說快點吃完滾出去。我為了中日友好，急忙把麵吞下去。沒有湯的擔擔麵有很多辣油和花椒，別有一番滋味。它的麵不像日本拉麵軟軟的，而是比較乾，感覺得出麵粉顆粒。

在中式餐廳聚集的住商大樓前，我和小林交換了手機號碼和電子信箱，接著分道揚鑣。我必須回去做我看店的正職工作了。雖說麻煩每次都很有意思，但我可是分文不取。靠興趣賺錢這種厚臉皮的做法，只有藝人才想得出來，我反正是做不到。

春天美妙的夜晚降臨了。

池袋站前面全都是店鋪，所以痛苦的是這裡不可能安靜下來。由於我生下來就是池袋人，對這種喧鬧也習以為常了。今晚的警笛聲特別頻繁，難道有人在和警察署作對嗎？

晚上九點吃過晚飯，在店裡的我打開手機，從電話簿裡調出猴子，即羽澤組本部長代理的電話號碼。說起這條街背後的勢力平衡，沒人比這個和我從小玩到大的朋友更清楚。

「喂，是我，阿誠。」

「什麼事？我現在正在忙。」

猴子聲音的背景是嘈雜的街道。我眼前的大馬路上，警車閃著紅色的警示燈奔馳而過。同樣的警報聲從手機裡傳過來。這才是真正的身歷聲。

「你在哪兒，猴子？」

「你家附近。池袋劇場前面的中華料理店。」

今天跟中國相關事物打交道的機會真不少。

「你在那裡做什麼？」

「阿誠，難道你不是為了打聽這件事才打電話給我的？」

我走出店門口，伸了個懶腰，看看西一番街的中央通道。有很多看熱鬧的人正拿著手機跑過去。

「不是，我想向你打聽東龍的事。」

「所以，還是同一件事嘛！讓你老媽幫忙看一下店，現在馬上過來。」

我一天打斷老媽看她喜歡的韓劇兩次，之後應該會受到很可怕的懲罰吧！但是沒辦法，我跟老媽打過招呼後，出了店門。

猴子說的那家店我小時候就知道，是間開了挺久的拉麵店。這家說老不老的店特色是雞骨湯醬油拉麵，帶著甜甜的味道。店鋪前面已經並排停了三輛警車，在電線桿和路錐之間拉上了警戒線。靠近黃色膠帶的地方，看熱鬧的人正在用手機拍照。

我想辦法撥開人群鑽到最前面。猴子帶領的年輕隊員正盯著店門口。有裂縫的玻璃門打開，腰上綁著繩索、雙手戴著手銬的男子在警官的陪同下走出來。一共有三個人，穿著同樣的運動上衣，肩上繡著紅色的龍。他們看起來很年輕，大概是高中生的年紀。

其中一人看到猴子，邪惡地笑了笑。

「臭小子。」猴子嘟噥了一句，聽起來在極力壓抑自己的怒火。頭上包著被血染紅的毛巾的店長也出來了，搖搖晃晃地走向醫護人員。

「池袋到底怎麼了？」

真是的，真不知道這一帶會變成什麼樣子。雖然我親眼目睹了一切，但也和其他多數看熱鬧的人一樣，完全看不出發生了什麼事。只好問專家了。猴子開口：「在這兒繼續待下去也沒意思，我們走吧。」

說完，猴子大搖大擺地離開了還在圍上來看熱鬧的人群。我跟在他後面離開。

「那些傢伙馬上就要遭殃了。」

這次猴子好像特別生氣，令人害怕。我也不敢再講之前經常說的有關類人猿和矮個子的笑話，和猴子一起漫步在春天的夜晚。

我們走進羅曼史大道上的一間咖啡廳。跟在後面的年輕手下陪我們到咖啡廳門口就回去了。猴子一口氣喝光義式濃縮咖啡後說：「阿誠，你手頭上的麻煩也和龍有關嗎？」

我現在完全搞不清楚整件事的來龍去脈，只是敷衍地點了點頭。

「如果能制止他們，我們老大會付很可觀的報酬呢。」

確實挺誘人的，不過我感覺他要說的和研修員的失蹤沒什麼關聯。

「剛才在拉麵店發生的騷動究竟是怎麼一回事？」

街上的騷亂就像透明人，沒有誰實際看到發生了什麼事情。猴子咂了咂嘴，「那個叫小陽樓的店，二十年來一直向我們繳交保護費。」

「多少？」

猴子毫不掩飾自己的焦躁，在安靜的咖啡廳裡朝服務生喊道：「再給我一杯一樣的！」

他降低音量後繼續說道：「我怎麼可能記得住每家店的保護費？不過由於是老店，也沒賺多少錢，所以一個月大概也就收個三萬日元吧。」

我也不是糊裡糊塗在池袋過日子的，因此，我似乎能隱約看出透明人的輪廓。

「剛才穿運動衫的那些傢伙是東龍的人吧？他們把手伸向了羽澤組收取保護費的店。那家店的廚師是中國人嗎？」

「不是。但根據那些傢伙的狗屁理論，在池袋，只要是掛中國牌子的商店，都在他們的勢力範圍以內。龍去那家店，今天已經是第三回了。店主拒絕繳保護費，所以他們就在店裡動手了。」

「剛才看到猴子，那小鬼還笑了笑；東龍是個很大的組織嗎？」

「不，他們也沒有多大。據我聽說的，好像總共也就五、六十人。」

這樣，他們不可能是池袋第三大組織——羽澤組的對手。

「那你們很輕鬆就能打倒他們了。」

猴子深深歎了口氣。

「沒這麼簡單。對手不只是龍一個組織。」

在此次的經濟危機中，全世界的金融機構都開始胡亂展開資本合作；聽猴子說，池袋的地下世界也是這番景況。

「是京極會。」

我終於理解猴子焦躁的原因了。京極會是日本最大黑社會在東京的支部；本部位在關西。

「但是，為什麼東龍會和京極會聯手呢？」

「很簡單：現在有兩百多間中國餐館，但日本人很難從中國人那兒收到保護費；所以，京極會就讓龍做這件事，再從龍那裡剝削，而龍則以京極會的力量為後盾，在這條街上為所欲為。沒有哪個組織可以正面對抗京極會。」

我也想歎一口氣了。問題愈來愈複雜，對我們也愈來愈不利。

「那麼，羽澤組今後打算怎麼做？」

「不知道。但是，二十年來一直向我們繳保護費的店遭人襲擊，我們老大也是要面子的，怎麼可能默默咽下這口氣？」

如果京極會和羽澤組真的槓上，池袋就沒有安全的地方了。為了預防這場戰爭，只有一個方法，那就是想辦法把東龍從這條街上趕出去。要制伏暴跳的龍，什麼辦法最有效呢？我的腦子開始全速運轉起來；這也是久違的感覺了。

「話說回來，阿誠你為什麼要追蹤龍？」

雖然很麻煩，我還是跟猴子說了失蹤研修員的事。猴子一臉茫然地聽完後，說道：「他們找這些女孩，能有什麼好處？一定不是讓她們做什麼正經工作。阿誠，你幫忙從那個中國人那兒再多收集一些龍的資訊；我這邊有任何動靜也會通知你。」

我說聲知道了，便離開咖啡廳。我故意繞了一圈，才慢慢地朝家裡走去。街道總是在變化，就連住在這裡的我，也沒注意到這些漸漸發生的改變。即使已近深夜，中國店依然亮著耀眼的燈光。在小巷各處都能聽到漢語，感覺像在吵架似的。

我想起叫小郭的女孩，可能就藏在這條街的某個地方。她出生在中國某個貧窮的農村，在茨城的工廠做著任何日本人都不想做的工作，如今正屏息躲在城市次中心地區的某處。如果被發現，她會立即遭強制驅逐出境。

不知道研修員如何看待這條街上的繁華和各色各樣的霓虹燈。今天晚上的池袋在我看來也彷彿異國他鄉。

在住慣了的地方成了遊客。或許我也成熟了一點。

◈

隔天接近中午，我正在擺放春天的水果，黑西裝來到店裡。

「我快做完了，等我一下。」

小林在水果店前方的人行道上筆挺地站著，像訓練有素的小狗。我把要賣的東西都按規定的位置擺好後，從店裡跑出來。脫離看店工作的瞬間，感覺非常爽。活在世上，就是會被捲入無法預料的麻煩中。

「久等了。小林聽說昨晚的事了？」

顧問優雅地點點頭。「是的，聽說東龍對西一番街上的一家拉麵店動手。我這邊也有一些小道消息；聽說可以去龍的手下那兒談談。阿誠，要不要一起去？」

不愧是同一個大陸的炎黃子孫，小林好像有強大的人脈。

「去呀。對了，你知道東龍和京極會的事嗎？」

我們往劇場路走去，要在那兒與龍的成員碰面。我把從猴子那兒剛打聽到的新出爐話題說了出來。小林好像對日本的黑社會沒什麼興趣。

「沒關係❻。我們中國人和日本的組織沒有關係。我們最好僅把東龍當作對手。我關心的不是池袋的街道也不是黑社會，我只在乎小郭的去向。那些事，阿誠你想怎麼樣都行，那都和我……」小林扶了扶眼鏡，用冰冷的聲音說：

「沒關係。」

⚘

剛好是正午。

小林站在藝術劇場後面的人行道上，一輛LEXUS休旅車❼滑到了面前。這輛車是剛上市的新車型，顏色是純白的。戴著墨鏡的小鬼打開車門，說道：「快點上來！」

我有一種不祥的預感。不知道這輛車究竟要去哪裡？我和小林互看了一眼。但現在也來不及抽身了。不管是池袋的街道還是龍，都已經動起來。

❻ 這句話小林是用中文說的。
❼ 豐田旗下LEXUS的SUV車款。

小林先坐到後面的座位上。我也下定決心，鑽進了LEXUS；車中傳來一股新車特有的氣味。

有這麼一個成語：「不入龍穴，焉得龍子」——不對，好像是老虎？是什麼都無所謂了。我們要找的是可以保障這條街和平以及兩百五十名研修員安全的龍珠。東龍的人不知道把它藏在哪裡。

副駕駛座上的男子說：「抱歉，請二位蒙上眼睛。」

雖然感覺很不爽，但我還是把他們遞來的紫色印花頭巾綁在頭上。即使在這種情況下，小林還是很沉得住氣，他小心地摘下眼鏡，然後繫上印花頭巾。

我感覺自己像個冰凍貨物，讓身體隨著LEXUS搖晃。

蒙著眼睛坐在車上，突然感覺自己變成了當季的水果，而且還是一個五千日元的綠寶石哈密瓜。新LEXUS休旅車非常平穩，坐起來很舒服，不會讓哈密瓜有一道碰傷。

小林的呼吸聲從我身旁傳來。就連呼吸都很冷靜，有條不紊。我們要被帶去東龍的祕密基地，小林好像一點都不害怕，真是夠有膽量。

「我家的店到了傍晚會很忙，請在那之前把我送回去。」

說完，我的胸口好像被一個硬物頂住。他們雖然懂日語，但聽不懂我的笑話。在水果店和池袋街頭磨練的社交能力現在完全派不上用場。這次或許碰上麻煩了。

LEXUS拐了好幾個彎，現在我真的想像不出自己在什麼地方了。大約過了二十分鐘左右，車子突然停下。龍的司機開口：「在這兒下車，繼續蒙著眼。要是你們敢輕舉妄動，就會這樣——」

耳邊響起電流的劈啪聲，空氣中開始瀰漫著一股燒焦的氣味。難道他們還帶來了改造過的震撼槍？即使在這個時候，小林也非常冷靜地以一口標準日語開口了；這種冷靜還真令人討厭。

「我們只是來和你們談談，不必使用暴力和強迫手段。」

與其說他是研修員的監督人，更像是一名律師。下車後，龍的人說道：「直走。腳底下有臺階，再往前是電梯。」

我感覺像在拍黑白間諜電影似的。我和小林以及東龍的成員走進金屬箱子裡。電梯門關上時，我聽見金屬嘎達嘎達摩擦的輕微響聲。閉著眼睛在空中被拉上去是種很奇怪的感覺，好像自己變成了上鉤的魚。

就這樣，我們被吞進了龍的口中。

「現在可以摘掉眼罩了。」

我摘掉了紫色的印花頭巾。眼前是一個有點灰暗的房間，好像有些陳舊。窗子貼上一層隔熱膜，春天的陽光照不進來。房間裡擺了一排灰色的鋼桌，靠近我們這邊的是一套黑色人造皮革沙發。沙發上坐著一名身穿黑色西裝的男子，曬得很黑，像職業高爾夫球選手，還是個肌肉型男。我和小林像被教導的小學生似的站在男子面前。小林開口：「午安，楊峰。多謝您在百忙中抽空接待我們。我是林高泰。」

小林真是一個在任何場合都不失禮的帥哥。對小林來說，或許這不過是一場商務會談。我重新觀察了一下張開腿坐著的男子。這人就是東龍的大老闆嗎？我從出生就一直在池袋生活，卻從沒見過這張臉。

「你就是河南省工會的顧問吧？獵犬似的在研修員附近嗅來嗅去，真是辛苦你了。」

我突然覺得有點不敢置信。比起我在池袋小巷裡碰見的小鬼們，楊和小林的日語簡直太好了，可以稱得上是日語達人。東龍的大老闆瞇起眼睛，看了我一眼。

「你就是真島誠吧？我從各個不同的地方聽過你的名字。中國人說一口漂亮的日語，有那麼稀奇？」

這麼容易就被對方看穿，身為談判者的我真是太失敗了。我斜眼看了一眼小林，說道：

「請不要在意。這次我碰見的都是日語很好的外國人。」

楊不高興地揉了揉曬黑的臉。

「你又知道什麼。雖然我叫楊峰，但我也有日本名字。我是名符其實的日本人，是中國遺孤的第二代。我一直生活在日本，可以很流利地說這裡的語言，不是理所當然的嗎？」

楊動也不動地瞪著我。他的視線很有殺傷力，足以令春天倒退回冬天。

「你們這些日本人好像把我們看成嗜血成性的野獸，事實並非如此。遺孤的第二代、第三代父母都沒有什麼錢，上不起學、沒有正經的工作，也沒有門路，沒有任何人會維護他們的權益；他們被排除在這個國家的體制之外。正是我集合了這些人，與其讓他們七零八落地流落街頭，倒不如一併納入組織，更加安全。真島，今後我們打交道的機會或許還有很多，請記住這點。」

是想把根紮在池袋嗎？光是從超過兩百間的中國商店、餐廳收取保護費，就是一棵很好的搖錢樹。我點點頭。

「明白，我會記住的。你想和羽澤組、豐島開發這些人交涉時，也請想起我的名字——特別是可能發生騷亂的時候——我在這一帶出生長大，也很喜歡這裡，所以我討厭任何騷亂。如果需要我幫忙避開紛爭，即使是為了你們東龍，我也願意。」

楊瞇著眼看我。儘管被這種危險男子評估感覺很差，但這也是我工作的一部分。

「對了，中池共榮會的老前輩也說過，要打的話，也得先把街上的人趕開才行。我會記住你的，真島。」

「叫我阿誠就行；委託人都這麼喊我。」

東龍的老闆像電影《赤壁》中的將軍，扯扯嘴角微微一笑。

小林從黑色的西裝口袋裡掏出一張宣傳紙。

「這是你們東北分部製作的吧？」

紙上寫著「保證月收入二十萬日元」，以及東龍的電話號碼。楊瞥了一眼那張紙，像演員般笑道：「可能是，也可能不是。現在假冒我們名義做買賣的壞傢伙非常多。」

小林不理會老闆說的話。「我們要找從茨城縣日立市郊區縫紉工廠逃走的河南籍女研修員，她叫郭順貴。」

東龍的老闆聽完之後，臉色看不出任何變化。任何人都不想和這種人賭博吧。

「小郭每天只往返於工廠和宿舍之間。在日本，她能和其他人接觸的地方就只有國道旁的便利商店，那裡也是接送他們上下巴士的地方；這張宣傳單就擺在便利商店裡發送。」

「是嗎？」楊同樣非常冷靜。

「再過六天，督察就會來到工廠。到時小郭要是還沒有回來，接下來的事，楊先生應該不難猜出來。」

東龍的老闆以毫無同情心的聲音回答：「其他人得負起連帶責任，被強制遣送回國。這很像日本的作風。」

「所以，在老前輩的大力幫助下，我來到這裡和楊先生一晤。如果你這裡有長得像這個女孩的人，能否告訴她，我們正在找她。我們會高高興興地接她回去，不會有任何懲罰；只是把她帶回原來的地方。」

楊先生張大嘴笑了起來。站在我們身後的幾個東龍成員也附和著笑了。

「假設我們收留了姓郭的女孩；要是我們把這個女孩還給你們，會怎麼樣？阿誠，你知道嗎？」

當時我完全不清楚研修員的生活，也不知道他們是比派遣工更低的階層。我隨口猜道：「應該會回到原來的工廠繼續工作吧。」

楊安靜地盯著我，然後緩緩搖頭。「沒錯，她會繼續做任何日本人都不願意做的工作。

姓郭的這個女孩時薪或許是兩百七十日元，加班費加上加班補給，或許每小時可以領到三百五十日元。」

「怎麼可能？日本有最低工資標準——法律上有明文規定——即使是茨城，一個小時也要七百日元吧。」

楊笑了，向我努了努下巴。「別問我，問你旁邊那個傢伙。工廠肯定也會按最低工資發放，但那個傢伙所屬的工會和日本的經紀人會從中間抽走一部分的錢。」

我把頭轉向穿黑色西裝的顧問，大聲吼道：「他說的是真的嗎，小林？」

小林不帶任何感情地輕聲回答：「他說的是事實。這個數字很正確，所以小郭可能在你這裡。當然，也有可能不在你這裡。」

我開始在大腦中計算起來。時薪不到三百日元，即使再怎麼加班，月收入也很難達到十萬日元。七、八萬日元就到頂了。他們相信東方有一個黃金之國，借了錢漂洋過海來到這裡，做３Ｋ工作，結果賺來的錢有一半以上都被苛扣掉。無論生活在哪個國家，下層的人們總是受剝削最嚴重的一群。

小林機械地說：「工會和經紀人確實會從中收取一定的手續費。但是，這也是合法的傭金，法律上沒有規定不准收取。而你們東龍卻定期以優厚的條件搜羅研修員與實習生。」

我不知道的事實接二連三地蹦出來。這太麻煩了，我決定今後絕對不插手與外國人相關的事。楊的臉像一面鏡子，我們的視線被冷冷地反彈回來，而他一點都沒有受影響。

「你們鼓動那些研修員逃跑，又讓他們當非法勞工，並從中收取傭金，怎麼好意思責問我們工會？」

我看了看小林，又看了看楊。這兩個類型完全不同的男子所屬的組織，原來獲利的方法完全相同。這真讓人覺得不可思議。他們合法或非法地掠奪貧窮的人。好像不只是日本，全球都很流行賺窮人錢的生意。楊滿臉不悅地說：「在這五年間，逃跑的已經超過四千人；你知道這意味著什麼嗎，阿誠？」

我不知該如何回答。這麼輕易就接下小林的委託，或許是我的失策。

「如果站在這裡扮演官方的人，不停止不合理地榨取那些人的勞動成果，那麼像小郭這樣逃跑的女孩，今後還會不斷出現。不是我們強行誘拐這些研修員，而是他們主動跑來要我們幫忙；你從第三方日本人的角度來看，難道不覺得我們是在做善事嗎？」

我焦躁地看了小林一眼。他也和楊一樣，不管別人說什麼，都保持冷靜。如果意志不夠堅強，就無法擔任和中國人談判的工作。小林擠出一絲苦笑。

「楊先生說的確實有一番道理。但是，逃跑的研修員如果從事指定外的工作，立刻就成了非法就業。因為違反了《入境法》，被抓到的話會被強制遣送回國。根據日本的法律，我們兩邊哪一邊正確，不是本來就顯而易見？」

東龍的老闆齜牙笑了笑。用很強的意志堆出來的笑臉，像真龍一樣強悍又猙獰。

「小郭和其他五個人一組，一天三班制，工作十二個小時。夜班一個日本人都沒有，全是研修員，十天才能休息一天，而且還不准離開宿舍，禁止外出。護照也被沒收，據說如果違反合約的話，違約金是二十萬日元。阿誠，這種奴隸合約，在日本合法嗎？」

我現在已經無法判斷哪邊是對的了。我只想立刻奔回西一番街，賣剛上市的櫻桃。

「我不太懂法律。但我覺得逃跑的這個女孩小郭，一定有她的理由。」

「阿誠，你別被他們騙了。」

小林的聲音很嚴肅。我把視線轉移到他身上時，顧問也回看了我一眼。從見到他的那天起，我第一次從他細長清秀的眼中感受到熱切。

「郭順貴長得相當漂亮，東龍召集這些逃脫者的目的，是為了經營色情行業。因為不知道什麼時候會被強制遣送回國，賺錢的辦法也就變得不擇手段。」

楊插嘴道：「但是，幾個月就能賺到三年進修期間才能賺到的錢。逃跑的人可以按照自己的意願工作，他們再也不是奴隸了。」

「那可是違法的工作，而且他們做的也不是可以向別人誇耀的事。」

我幾乎要抱頭苦思起來。我從未想過，自己會在池袋中國組織的祕密基地裡被當成裁判，而他們的問題也沒有那麼容易找出答案。

「阿誠，這人滿嘴的非法就業，但請記住一點：既然總是要雇人，不如選擇非法就業的中國人，這點顯而易見：這些人不會向雇主發牢騷，日語也沒有問題；他們會不辭勞苦地做三人份的工作，又不會招惹什麼麻煩。工資也比較便宜。他們會比任何日本人或研修員都認真、努力工作。說是因為違反了《入境法》，就要把他們從這個國家趕出去，這麼做真的對這一帶好嗎？」

楊是一個頭腦敏捷的男人。他可以滔滔不絕地長篇大論，並擊中對方的弱點。我看了一眼小林的側臉，也許是我的錯覺，他的表情有些落寞。楊最後拋出致命的一擊：「你們大家不要忘了，現在在東京生活的人當中，一百個裡面就有一個是中國人。你們日本人把這些人當作空氣、完全無視他們，就像無視我們這些遺孤一樣。但現在已經不可能完全忽視這些人了。你們日本人最好用自己的腦子好好想想。」

這是在東龍的祕密基地，龍的老闆留給我的作業。

唉，心情真是沉重。我從小就最不擅長做作業了。

回去的時候還是蒙著眼罩。

LEXUS把我們帶到西口公園藝術劇場的側面出口。寧靜的公園中，我又看到彈奏吉他的人和象棋比賽。逃跑和非法就業的事就像在夢中聽到的一樣。在這裡的日本人，基本上和中國研修員等透明人差不多吧！把他們關在某座山中的工廠或員工宿舍，也不是完全辨不到的事。

小林和我蹓躂過一座宛如黑色知識之環的巨大雕像腳下，往圓形廣場走去。不鏽鋼長凳沐浴在春天的陽光下，就像加熱式馬桶墊圈般溫暖。

「我現在完全搞不懂，這次的事情究竟是誰對誰錯。」

我覺得好累。一想到東龍老闆給我的壓力和留給我的難解習題，我就覺得頭痛死了。

「阿誠，我和楊一樣，也希望你不要忘記一件事。」

「什麼事？」

小林望向正前方說道：「對於生活在中國農村的人來說，被選為研修員，就和中樂透一樣幸運。就像楊說的，工會或許從貧窮人那裡掠奪了一些東西，但是，艱苦工作的研修員只要堅持到最後，就可以存下一大筆錢——相當於他們在中國農村工作二、三十年賺的錢——回國。因此，來日本當研修員，對他們來說是一件非常幸運的事。和小郭一樣漂洋來到日本的其他兩百四十九人是無辜的，不能因為小郭一個人而把其他人的夢想都毀掉。我也不認為我們工會做的事是百分之百正確——所以，請一定不要忘記其餘的研修員。」

從高樓大廈吹過來的春風輕輕地拂過廣場。每年都能享受到這樣的春風洗禮，對我來說已經很幸福了。一想到有人要用三年奴隸般的勞動賺取一生的工資，我突然覺得，不論是我還是池袋這地方都算不上貧窮。不過，或許我們擁有的也僅有這麼一點，即被富裕的高度發達資本主義社會慣出來的嬌氣。

「好、好，知道了。我暫時還是站在小林這一邊。」

聽我說完，小林噗哧笑了。

「那個姓楊的在日本生活得太久了，才會過度宣揚什麼自由、平等、人權；他一定是中了資本主義的毒。」

不僅東龍的老闆中了資本主義的毒，就連住在中國內地偏遠山區的人也不可倖免，毒素還已經滲透到骨髓中了。在如今的地球上生活，這已無可避免。我本來想這麼告訴小林，但最後還是沒有說出口，反而問了他一個問題。

「對了，小林，你是哪裡人？」

小林沒想到我會這麼問，他的表情甚至在一瞬間凝滯了，就像死當的電腦螢幕。

「我是土生土長的中國人，不過從法律上說，我現在是日本人，因此我究竟算是哪裡的人，自己也不太清楚。我的血液裡仍流淌著故鄉的土壤、水和空氣，這三者密不可分地摻雜在一起。像這樣打著領帶、穿著西裝坐在城市次中心地區的公園裡，我有時會覺得一切都好像是海市蜃樓。」顧問用非常標準的日語回答。我從流暢的標準日語背後感覺到某種冰冷的寂寞。這個男子也不可能百分之百認同自己的工作，只是必須要這麼做，才不得不這麼做的。對任何人來說，工作或許就是這麼回事。

「明白了。那麼，下一步我們該怎麼做？」

小林從長凳上站起來，挺直了腰板。「必須再向東龍施加一點壓力。晚上我再聯絡你，阿誠，請隨時準備好。」

我回答明白了，然後從過午的西口公園走路回家。在池袋的各個街角，到處都像煙花似的飛散著漢語。

自己出生的街道變成了China Town，感覺還是很奇怪。

我回到水果店，開始看店的工作。

我在店鋪的ＣＤ播放機裡放了一張非常適合小林的光碟：《奇異的滿州官吏》（The Miraculous Mandarin），是巴爾托克❽的舞台劇，一首曲子只有三十分鐘，就算不太擅長聽古典樂的人，或許也可以試著聽一下。

不過它的故事就比較恐怖了，講的是三名惡徒要年輕女子去引誘男子，被他們選中的是穿著奇異服裝的中國官員。被引誘到房間裡的官員全身被脫得精光，男子們往他的肚子刺了三刀，卻沒能殺死他。後來，官員的脖子被吊到枝形吊燈上，還是沒死，真是不死之身。最後他在年輕女子的臂彎中斷了氣。這種不死的能力就像在金融危機中仍保持經濟發展態勢的今日中國，感覺既恐怖又有意思。

我覺得這張ＣＤ就像一部極度詭異的電影原聲帶，我一邊重複聽了好幾十遍，一邊思

❽Bartók Béla Viktor János, 1881-1945，生於匈牙利的納吉聖米克洛斯（今羅馬尼亞境內），是二十世紀最偉大的古典音樂作曲家之一，同時也是鋼琴家、民間音樂學家。

考。我想著叫郭順貴的虛幻女子，和腹部被捅了好多刀都沒有死去的楊峰和林高泰。研修員們憧憬著黃金之夢，漂洋過海來到日本，卻只能往返於工廠與宿舍之間，無法看到這個國家的其他東西；三年後，他們帶著一本存摺回到自己的祖國，不知道會是怎樣一種心情？多愁善感的情緒湧了上來，我失神地望著西一番街的人行道，這時老媽喊道：「你怎麼垂頭喪氣的？不好好看店可不行！你板著一張不景氣的臉，怎麼可能會有客人上門？」

或許正如老媽所說，我也不會想從滿臉愁容的自己這兒買麝香葡萄。

「我錯了。老媽，給你一個好提議，下回你在徵看店的員工時，最好找來這兒非法打工的中國人。」

老媽一臉茫然地看著我，好像在說「你腦子是不是壞掉了」。

「據說他們只需要我薪水的一半，就能做三人份的工作。」

「敵人」抿嘴一笑，說道：「知道了。既然有這麼優秀的看店員工，快點給我帶過來。」

豐島區又增加了一名失業者。為了向老媽展現我的幹勁，我把巴爾托克的音樂換成ＡＭ收音機，開始店內的大掃除。

那天是個好天氣，因此水果賣得還算不錯。水果和蔬菜還是不一樣，銷售會受到天氣和心情的影響。快十一點，我正在關店的時候，手機響了，是池袋三巨頭之一的羽澤組本部長代理猴子打來的。

「喂，現在能過來一下嗎？」

我環視關門前亂糟糟的店裡。

「給我十五分鐘，應該沒什麼問題。」

「那你來大都會飯店的酒吧找我們。」

我忍不住提高嗓門說道：「你在飯店的酒吧裡？今天怎麼了，難道你要幫我介紹未婚妻嗎？」

「你真煩。阿誠，就給你十五分鐘。」

猴子說完便掛了電話。他和我一起喝酒的時候總是去西口或北口的居酒屋。不知道這個傢伙那邊發生了什麼事。我開始迅速地關店。

我在繁星點點的春夜外出。

其實深夜外出也是一件賞心悅目的事。今年的寒冬已經過去，美好的季節即將到來，我全身都能感受到春天的氣息。我覺得在四季中，春天夜晚的風是最感官的。它溫柔地從身上拂過，就像年輕女孩漂亮的手指尖輕輕地按摩全身。我總是很享受在夜晚散步的感覺。

到達西口的飯店時，已經十一點多了。此時的大廳靜悄悄的，非常安靜。我逕自走向二樓的酒吧。除了池袋署的署長，一般很少有人約我來這裡。飯店裡有點昏暗，客人也寥寥無幾，嵌在牆上的酒瓶像珠寶店裡陳列的盒子；為什麼昂貴的酒都會閃閃發光呢？

穿過長長的櫃檯，我看到雙手抱胸的猴子坐在櫃檯旁的桌前，對面是小林和一個我沒見過的男人，看起來也像是生活在危險世界裡的傢伙。從他的整體感覺判斷，他應該是中國人，穿衣的風格和髮型與日本人不大相同。

我在猴子旁邊的座位坐下，向服務生要了一杯琴湯尼。猴子一臉憤怒地說：「為什麼一定要把阿誠叫來？」

我看了一眼猴子，覺得他的表情很可怕。我問道：「小林，你怎麼會認識猴子？」

即便在這種時候，小林也沒有表露出任何情緒，一副滿不在乎的模樣。

「我先介紹這位仁兄吧：胡逸輝先生，是池袋上海幫的對外事務負責人。」

男子把眼睛瞇得如薄剃刀般瞪著我。他的年齡大約在三十歲上下。猴子說道：「阿誠，本來你是不該出現在這裡的——聽好了，實際上你也不在這裡。不准對任何人提起你在這裡聽到的任何話，你在這裡沒有見過任何人。這樣可以吧？胡先生。」

穿著D二次方新品防寒夾克的上海幫男子，默默點了點頭。儘管他穿著流行的名牌服飾，也遮掩不住他身上的那股暴戾之氣。在這種場合，我沒有平素開玩笑的心情。

「知道了。」

小林面前放著法國沛綠雅礦泉水瓶。只有他不喝酒。

「這個酒吧十二點就要關了，我們趕快切入主題吧。」

我們像官員似的圍繞議題展開討論。我喝了一口服務生端上來的雞尾酒。

「什麼事？」

小林依然面無表情地說：「襲擊東龍。」

「什麼？」

在馬上就要關門的安靜高級酒吧裡，我的聲音響徹整個空間。

幸好，飯店裡的酒吧是一處人比較少的地方。穿著很一般的街頭小鬼即使一個人驚訝地大呼小叫，在寂靜的氛圍中，叫聲也會不著痕跡地默默消逝。沒有一個人在意我的舉動。在遠處的桌上，有一個身穿高級服飾的人正壓低了聲音說話，低沉的嗓音與把杯子放回杯墊時含混沉重的動靜交疊。我壓低聲音叫道：「襲擊？我從沒聽你提過，小林。」

猴子鬆開抱著的雙手，一副苦惱的樣子。「我就說了吧？這傢伙最討厭暴力了。他可是文部省推薦的麻煩終結者呢。」

小林的表情很嚴肅。「很遺憾，我們只剩下六天時間了。看楊的態度，我們在交還郭順貴一事上是無法達成共識的，必須給對方施加一點壓力。現在的情況沒有辦法僅限定用某種手段；我接到了工會高層的命令。」

我的熱血立刻冷卻下來。任何時候，我都打算把暴力解決問題的手段限制在最小範圍內。我討厭看到血，不管對手是混蛋還是罪犯，這條原則都不會改變。猴子抿嘴笑了笑。

「你知道嗎？在池袋的中國街上，背後的世界可不是只有一塊岩石。中國黑社會中有像東龍這樣的東北遺孤團體，也有來自福建、上海等南方地區的團體，還有之前就有的臺灣團體；令人高興的是，中國人之間的關係也非常不好。」

胡瞪了猴子一眼，很快用漢語喋喋不休地說了起來，說完後咂了咂嘴。小林點點頭，然後很優雅地翻譯成日語。「他說這和你們日本人一樣，有京極會、羽澤組、豐島開發和其他眾多團體；日本各團體之間的關係也不怎麼好。」

對於這一點，我沒有異議。不知道為什麼，在世上任何一個國家，這類團體都把和自己同類的團體當成最大的敵人。猴子說道：「嗯，也是。不過我們也沒有打算和上海幫聯手，所以怎麼樣都無所謂。對我們來說，只要能襲擊東龍的小鬼、給他們點顏色瞧瞧就行。因為拉麵店的事，如果給他們點教訓的話，我們老大和年輕小鬼們都會很高興。」

小林點點頭。「好。總之拜託大家先來一場小規模的突襲行動；不過請不要鬧出人命，如果有人喪命，人們對這一帶的印象就會大壞，中國街的老前輩們也會不高興。請胡先生也留意這一點。」

上海派黑社會的男子儘管日語說得不太好，但好像聽得懂，默默地點了點頭。

「阿誠，接下來有一件事必須由你親自出馬。或許你對這次的作戰計畫有些不滿，但請認真聽我說完；在我們佯攻之後，還必須要求與東龍的老闆見面。」

我漸漸焦躁起來；這個中國人總是自作主張地安排我要扮演的角色。

「小林，你這麼厲害，可以在池袋找到這麼多的幫手，怎麼還會需要我？你施加點壓力，楊就會示弱，這樣逃跑的女孩不就可以回到你手掌心裡？這個計畫很好，哪裡還用得著我出馬呢？」

我一直有種感覺，小林不僅認識中國的老前輩們，好像在羽澤組也有門路，根本不需要我這樣的人出馬。小林臉上露出一絲悲傷。

「阿誠你說的沒錯，然而，最後有一個重要的角色非你莫屬。」

猴子看了我一眼，上海男子也用細細的眼睛瞪著我。小林停頓了一下，說道：「郭順貴已經不信任我們這種組織了。她也不會信任楊。她不管去什麼地方，都會被同胞狠狠地剝削。因此，我們需要第三方的仲介人。這個仲介人最好也不屬於日本的公家單位，而是一般的市民。」

小林那張播音員似的面孔一直盯著我瞧，搞得我都有點不好意思了。

「我調查了你在這條街上做過的各種仲裁。你最令人佩服的地方不是推理，也不是搜查，而是促使對立雙方和解的能力。我打算違反上司的命令，把賭注壓在你的這種能力上。」

小林眼裡有種奇怪的熱情。

「你上司的命令是什麼？」

小林微微笑了一下。「是強制對郭順貴進行人身拘禁——但我不覺得這個方法可以解決現在的問題。我們可以憑暴力把小郭帶回工廠，但我們不知道下一個逃脫者何時會出現。合約還剩下兩年半多，因此不論如何，都需要小郭自願回到工廠才行。我是這麼想的。」

聽他這麼一說，我的工作還挺重要的。我的職責好像是說服年輕女孩回到奴隸合約下的工作場所。在陽光明媚的春天，這是我最不想做的事了。

「如果我說我不想做的話，會怎麼樣？」

小林用不帶任何感情的聲音回答：「兩百五十名研修員將遭到強制驅逐出境，工會也會受到三年禁止派遣研修員的懲罰；工會對此非常緊張。至於小郭，我都不敢想像工廠那邊有什麼嚴厲的懲罰在等著她。」

茨城山中的工廠和宿舍，或許是日本警察機關監管不到的地方。我想了想，歎了口氣說：「看來只能接受這份工作了。」

對於這份工作的內容，我一點信心都沒有。首先，不管比中國內陸的工資高多少，我也還是不能接受時薪只有兩百日元的工作。猴子笑著拍了拍我的肩膀。

「原來如此，很有意思。這個傢伙很不擅長和女人打交道，他要如何說服研修員呢？這件事最令人期待了。」

我愈想愈有點惱，看了眼櫃檯裡面的酒瓶，把服務生叫過來。

「給我兩杯三十八年的皇家禮炮威士忌，加冰塊。」

我想像不出一杯要花多少錢，但是感覺不錯。反正今天是小林請客。我不想在這裡花任何一毛錢。

離開酒吧已是深夜十二點。猴子和胡坐計程車走了，剩下我和小林。喝得醉醺醺的我朝西口公園走去，小林不知為什麼跟在我後面。

「有什麼事？我明天還要工作。今天回去就睡覺了。」

小林的領帶細得像絲帶，隨風飄盪。他一滴酒都沒沾，臉竟然有點紅。

「我住的商務旅館就在北口那兒，跟你同一個方向。此外……」

和這個男人在一起感覺有點奇怪。或許是他的日語太過標準了。

「還有什麼？」

「我想和阿誠的家人打聲招呼。母親大人在二樓吧？」

這次我雞皮疙瘩都起來了。我老媽什麼時候變成母親大人了？

「小林，你最好記一些日常會話中的日語。你總是說得這麼正式，這一帶是不會有任何人信任你的；至少我看不出你的真心。」

小林認真思考了一下。

「好，明白了。我今後會試著學習阿誠這樣的說話方式。」

「嗯，這樣最好。」

我和老媽都是夜貓子。每天晚上都十一點過後才關門，自然會變成這樣。辛苦工作了一天，洗完澡是不可能很快睡著的，因為神經還處於興奮狀態。

我們從拉下的鐵捲門旁邊的樓梯上了二樓。我在玄關處大喊：「老媽，我回來了。有客人來，不知為什麼他說想和你打聲招呼。」

老媽剛洗完澡，穿著鮮豔的粉色運動服走了出來。狹窄的玄關站三個人感覺非常擁擠。小林從黑色公事包裡掏出一樣東西，低下頭雙手遞給老媽。

「不知道是否合您的口味，請笑納。我是林高泰，這次有事情要麻煩阿誠。」

是虎屋的羊羹，老媽最喜歡吃的東西。真個是心思縝密的男人。老媽很快觀察了一下小林，然後笑容滿面地說：「既然來了，就進來喝杯茶再走吧。」

就知道會這樣，所以我最討厭把認識的朋友介紹給老媽了，總是會惹來很多麻煩。老媽接過羊羹，進了餐廳。我悄聲對小林說：「快回去吧，我老媽話很多，這樣你得待很久。」

小林沒有聽我的話，反而脫掉了有鞋帶的黑色皮鞋。

「林先生，快點進來，不用客氣。」

「好，那打擾了。」

真是讓人另眼相看的研修員顧問。沒辦法，我跟在端莊的黑色西裝後面進了屋。

六塊榻榻米大的餐廳中，我和小林在桌子旁邊坐下。都這麼晚了，老媽竟然還用咖啡機磨了咖啡豆，幫我們做了兩杯手沖咖啡。砂糖是未經精製的、像茶色的小石頭❾。喝完威士忌再喝甜甜的咖啡，感覺很美味。

「打個招呼就趕緊回去吧。我今天累了。」

客人才剛坐下就這麼催促也許不好。老媽冷冷地斜睨了我一眼，然後對小林笑了笑，精神飽滿地說：「不要聽這個孩子的話，你慢慢喝不用急。」

被沖昏頭的女人。我指了指牆上的鐘：「已經深夜十二點了，小林明天還有事。」

老媽翻了一下白眼，瞪著我說：「哪個人明天沒事？你還遊手好閒呢，所以閉嘴吧。」

小林樂呵呵地看著我們，笑了笑：「這樣子的對話是東京人特有的嗎？感覺好像在說相聲。」

我覺得小林今天也有點反常。他很優雅地喝著咖啡。

「我在中國時，母親去世得比較早，所以很羨慕可以和母親開玩笑鬥嘴的阿誠。」

我第一次聽他講自己的故事。此時，我意識到我忘記問一個重要的問題了。

「對了，小林是怎麼入日本籍的？是和日本的女孩結婚嗎？」

像他這樣說得一口流利日語，長得又很帥的型男，很快就能迷倒年輕的女孩吧。小林慢慢地搖搖頭。「我還是單身。這說來話長，沒關係嗎？」

讓人吃驚的是，小林用撒嬌的視線看了一眼我老媽。

「沒關係，現在還不算深夜。」

連老媽都來了興致。看樣子今夜會很漫長。

小林講的故事著實令人大吃一驚。他講的是一個出生在中國內陸貧困農村的優秀少年，如何得到日本國籍的大冒險。

「我出生在河南省某個貧窮的村子。我們家在那兒算是普通的農村家庭，父親的年收入換算成日元的話，大約是三萬日元，其中兩成是稅款，需要上繳。」

真想歎口氣。手頭上剩餘的現金每個月只有兩千日元。不管物價再怎麼便宜，僅靠這點

❾ 即黃糖做的方糖。

錢，生活一定很拮据吧。我聽完瞪大了眼睛，而小林微微一笑。

「農村的收入現金占了一半，剩下的是農作物。手頭上的現金有一半都要拿去繳稅。」

連老媽也吃了一驚。

「怎麼感覺像江戶時代農村的故事——好像當時的地方官和生活在水深火熱中百姓的關係；沒有人反抗嗎？」

一家人一個月只能靠一千日元過活。現在在中國內陸，這種情況也還是理所當然嗎？真是令人同情。

「我們村有四個集體農場，一個農場大約有四千名年輕的勞動力。在我們派遣工會的管轄區中，像這樣的農場一共有六個，加起來一共有兩萬五千名年輕的勞動力；如果來日本工作的話，三年就可以存下兩百萬日元。所以這兩萬五千人中，所有人都夢想著能成為研修員、來日本工作。」

這種極不合理的經濟落差促生了怎樣的熱情和夢想呢？某個國家的最低薪資，在另一個國家看來，竟相當於專業運動員的年薪。

「在我的村子裡，只有派遣研修員的家庭住在鋼筋混凝土的屋子裡。我也從小就開始學習日語，未曾懈怠，因為想在面試時給人留下好印象。只要是我能拿到的日語書，我全都讀過——我讀過芥川龍之介的《蜘蛛絲》，把那根絲想像成去日本的機票。」

是這種生活培養了小林這種無極限的冷靜嗎？

「能通過面試來日本的，大約有多少人呢？」

黑色西裝男微微挺起胸脯說：「我那一年有二十個。」

「兩萬五千人當中的二十人嗎？」真是令人想像不到的數字。我吃驚地問道。

「你真是太厲害了，林先生。我們家阿誠就差得遠了。」

雖然我從出生的那天起就沒有一次順利通過考試、選拔或面試的，但也沒必要在這種時候揭我的瘡疤吧。

「我工作的工廠位於川崎市，是一家製作便當的工廠，每隔四個小時就要幫便利商店送一次便當。輪班是一天四班制，我要上其中兩班。在那兒工作的只有研修員。工作非常辛苦，這點我早有心理準備，但問題出在工廠的現場監工：他是一個中年日本男子，名字叫穀口，我現在還記得他的名字；他工作時也會喝酒，然後無緣無故地毆打我們。」

小林放在桌上的手突然緊緊握成拳頭。

「研修員不能找其他工作，也不准逃跑。監工就是仗著這點，才隨意謾罵、毆打。我們這些研修員實在受不了他，也商量過好多次，想著要不要一起逃跑或殺了這個監工。」

我鼓勵地說：「但是，你沒有像小郭那樣逃離那個地方。」

「是，因為我母親的關係。」

老媽一臉奇怪地問道：「你在中國的母親不是去世了嗎？」

小林笑著點點頭。「沒錯，那是來日本半年後的事了。工廠旁邊的公寓裡，住著一位獨居老人，她總是親切地和我說話。她很同情研修員的處境，有時會送些點心給我，有時也請我喝茶；如果沒有母親的話，我不知道會做出什麼事來。在中國，被別人打頭是一件非常屈辱的事。」

「原來如此。」

雖然從外表上看不大出來，但日本人和中國人之間當然還是有文化差異的。

「我沒有對小林做過什麼失禮的事吧？」

小林點點頭，喝了一口咖啡。

「阿誠沒有。離進修結束還剩一年的時候，發生了一起意外：工廠裡一個夥伴的右手中指指尖被切斷了。工廠和工會都不想承擔責任。工傷認定也比較困難，必須有一個人向日本政府反映這件事，於是大家都推選日語比較好的我。但是，如果做這件事的話，可能會被工廠開除，也有可能被送回中國。因此，某天中午休息的時候，我就去和母親告別，告訴她可能今後再也見不到面了，雖然我還想繼續待在日本，感到很留戀。那時我第一次喊這位老人母親。我還說，即使回到中國，您也是我的母親，有時間的話我還是會來看您。」

老媽連連點頭。她最受不了親情電影或戲劇。「是嗎，小林真是太了不起了。」

「結果發生了奇蹟。母親突然問我：你在日本定居，需要什麼條件？」

我終於看出事情的來龍去脈了。研修員要成為日本人，必須拿到日本國籍；而要拿到日本國籍，只有兩條途徑：和日本人結婚，或成為日本人的養子女。

「所以，小林你就把那個日本人當作自己真正的母親。」

「沒錯，我把戶口遷到母親的戶籍本上。這樣，工廠的人就不能對我動手了。因為日本政府機關的應對很迅速，而且恰當，工廠終於承認了工人的工傷，同時也加緊制定工廠的安全規範。從此之後，現場監工再也沒有毆打過工人。我順利度過三年的合約期限，之後便開始為工會工作。」

再之後，小林以研修員顧問的身分定居在日本。

「人和人的緣分真的很奇妙。我們每天都會遇見新的人，互相交換好的東西和壞的東西。關於這次郭順貴的事，我想盡全力幫忙，讓各方都滿意，也給相關人士一個交代。」

他真是一個不可思議的中國顧問。我看著這個和我年紀差不多的男子，感覺他身上有種東西在閃耀。

「等一下，我還有個問題：你和日本母親現在的關係怎樣？」

小林朝老媽露出一個燦爛的笑臉。他的笑容是那麼迷人，喜歡韓劇或中國電視劇中偶像的粉絲，看到了一定會當場暈倒。

「母親還是母親呀。沒有工作的時候，我會去川崎的公寓照顧她。不過……」

很少見到小林這麼含糊不清地說話，就像ＮＨＫ的播音員唸錯了原稿。

「不過什麼？」

「母親去年腦栓塞之後，一直臥病不起。雖然她可以從國家拿到醫療保險，但算一下看護和住院的費用，每個月也是一大筆開銷。我和老家的父親約好，必須每個月寄生活費給他，因此經濟上一直很拮据。」

老媽一直盯著這個帥哥顧問。「是這樣呀，那我明白了。林先生，你可要好好加油。等一下。」

老媽咚咚咚下樓去了店裡。老年人有個不好的習慣，很快就把店裡的東西送給別人。我小聲地說：「我老媽好像很喜歡小林。搞不好她會送你一箱哈密瓜當作禮物。」

顧問很搞笑地瞪大了眼睛。「哈密瓜一個要賣多少錢呀？」

「大約三千日元吧。」

小林歎了口氣，說道：「這等同於我們家三個月的生活費。」

剛才喝的三十八年威士忌的錢，是不是夠一家人生活好幾年呢？我停止了思考。像我這樣的豬腦袋，不可能算清楚貨幣的價值。不過對於世界上的經濟學家來說，這或許也是一個難解的問題，否則世界經濟就不會像撞上冰山的鐵達尼號，僅三個月的時間就這麼沉沒了。

小林回去後，我躺在自己四張半榻榻米大的小房間裡，仰望著天花板。

我思考了工作和報酬之間的關係。在正式員工和非正式派遣員工之間有些差距，這是日本任何人都知道的社會性話題；但是在派遣員工底層，還有一群外國勞動者，他們的勞動條件、時薪以及工作的舒適程度，與日本人有著非常大的鴻溝。

播音員經常在美國職棒聯盟的直播中說，紐約洋基隊超級明星的年薪為二十二億日元。即使是擦邊打中而且不帥氣的慢速滾地球，一次打擊的報酬也高達三百萬日元。

超級明星隨便一擊的酬勞，與研修員犧牲所有人生樂趣、打拚三年存下來的薪水相差無幾。我覺得好像有哪裡不對，又說不上來究竟是哪些地方不對。

勞動和報酬的關係是個永遠的謎。

第二天仍是晴空萬里，溫暖的春光灑滿了大地。

如果一直這樣持續下去，櫻花開花的時間貌似會提前一大截。池袋的街頭和平常一樣平靜，至少表面上如此。

但是在春天的背後，算不上什麼事件的事件卻接二連三發生，街頭處於戒嚴的狀態。小林發動了兩起對東龍的突襲。

第一起的現場是位於西口的中國網咖——華陽大網。從地下到地上的樓梯平臺處，有兩個東龍的成員剛收完保護費，就被五個戴著反恐頭套、蒙住臉的人偷襲了。

據說他們先被高壓震撼槍擊倒，接著又被人用特種警棍毒打了一頓。我想起在LEXUS上聽到的電流聲音。穿著龍紋刺繡運動上衣的兩人被送進醫院，當然沒有報警。他們對醫生謊稱自己是不小心從樓梯上摔下來的。一般也不可能在這種時候依靠員警，所以他們這麼做也無可厚非。

另一起發生在第一起事件後的三十分鐘，地點是北口車站前伯爵咖啡廳門口的人行道上。楊的成員應該已經對彼此發出了緊急通知，四名男子當時十分警覺，其中一個還是東龍老闆楊的心腹，遺孤的第三代。但他們從咖啡廳裡出來的時候，仍被兩部汽車撞倒了。

從車上跳下來八個戴反恐頭套的人。這次他們沒有用震撼槍，而是用了特種警棍，還有木刀和手指虎。被毒打一頓的男子在醫院裡依然堅稱是意外。飛濺到人行道上、不知是誰的血很快就被沖走了。池袋街頭又恢復往日的熱鬧，就像什麼事也沒發生過。

這次的偷襲算不上什麼事件，所以池袋很快就恢復了往昔的熱鬧。從性質都是透明的這一點來說，研修員和池袋的突襲事件非常接近。但無論我們怎樣當作他們不存在，事實上他們是存在的。就像我們每天吸入的、含著汽車排氣管廢氣的東京空氣。

我收到突襲事件的通知後，在店裡打了通電話給猴子。他的聲音就像春天的西口公園般明朗。

「喂，阿誠呀。今天我心情很不錯。」羽澤組的本部長代理非常高興。

「是因為你這次撂倒很多人嗎？」

猴子裝傻道：「你說的是那起算不上突襲的事件嗎？我要把東龍趕出這條街。把這條街變得更乾淨些，就是我們獲勝了吧。」

他是在炫耀把四個人送進醫院的事嗎？

「別再管他們那邊了，這和我 mei guan xi。」「沒關係」是我從小林那兒學來的中文。

「什麼意思？你什麼時候開始偏袒中國幫了？」

我才沒有偏向某個國家呢。我只關心這一帶的事。

「算了，先不說這個；你能告訴我之後的發展嗎？東龍怎樣了？」

猴子愉快地輕輕吐出一口氣。或許他正在笑。「他們像烏龜似的把頭縮起來。因為我們和上海幫留了口信給他們，說到了明天，送去醫院的人會是今天的好幾倍，他們最好事先預約一下。所以他們的反應也很正常。」

原來如此。說到心理戰，沒人能比得上黑社會。從突襲事件中獲取最大的利益，是他們一慣的伎倆。

「猴子你那邊是不是很危險？」

「還好吧。老大和頭頭已經帶保鑣離開了池袋。我也告訴底下的人，要他們隨時待命。」

我想問的既不是上海幫，也不是羽澤組。「東龍的靠山有什麼消息嗎？」

東龍再怎麼趾高氣揚，也不過是池袋中國東北派的一個小團隊。我比較關心他們投靠的京極會有何動作。如果京極會也展開行動，池袋就真的要進入全面戒備的狀態了，其嚴重程度將會遠遠超過這次。

「他們那邊透過中華街的老前輩，帶了話給我們老大。他們暫時不會輕舉妄動。現在東龍的傢伙們應該很著急，他們為了保險投靠京極會，一旦真的發生緊急情況，他們的靠山卻見死不救；他們每個月還上繳保護費呢，真是活該！」

我說聲明白了，便掛斷電話。根據現在的態勢，戰火蔓延的可能性頗低。在東龍搖擺不定之際，必須把這件事做個了結。有必要和小林一起，再去找楊談一次。

小林在當天下午來到我家店裡。他脫去上衣，捲起白色襯衫的袖子，開始幫我們店裡的忙。聽說研修員都很能幹，真是百聞不如一見：還沒等我指示，小林就非常機靈地幫忙收拾起來。見到他主動幫忙，我覺得心情很好。老媽也非常高興，甚至開了一個不適宜的民族玩笑，說如果讓自己選兒子的話，比起日本人，還是中國人比較好。

忙完之後，我遞給小林一罐咖啡，然後我們來到西一番街的人行道上。

「接下來你打算怎麼做？」

小林鬆了鬆領帶的領口，坐在欄杆上。

「我現在正透過一位老前輩，請他幫忙儘快安排與楊的會面。我還不知道他們接下來會怎麼做。」

「你是要和他談小郭的事吧？對他們來說，現在這個女孩就像拔掉保險栓的手榴彈，他們巴不得早一點扔掉。」

我動也不動地盯著小林。他低著頭說：「事情要是這麼簡單就好。首先，我們中國人非常看重面子，有時候面子比生命還重要。人們會說東龍不堪一擊，很快就要投降了。這種評價將損及東龍的名聲，今後他們在這條街上或許就很難混下去；此外——」

我覺得就像在聽傍晚新聞中關於政治問題的解說似的，而小林就像報紙的新聞評論員。頭腦聰明雖然挺管用，但這個傢伙不知道為什麼總是給人留下很冷酷的印象。

「此外？」

「此外，就是東龍這個組織的收益結構。他們主要的收入來源之一是保護費——來自遍布在西口、北口的兩百家中國店鋪——還有他們旗下類似職業介紹所的組織，幫助非法滯留的中國人尋找工作。當然他們也把日本的AV女優祕密運到中國，但聽說那個生意賺不了什麼錢。」

看來小林不只是評論員。他就像背後世界的外交官似的，對任何組織的動向都瞭若指掌。真是一個深不可測的男人。

「如果不能保護這名郭姓女子，他們就會失去其他非法就業的中國人的信任。事情有點微妙：我們要把小郭討回來，同時又必須顧及東龍的面子，讓他們高高興興地拱手相讓。」

沐浴在春天午後的暖陽中，小林笑著對我說：「上海幫和羽澤組無論如何也辦不成這件事，所以現在輪到阿誠上場了。我們該怎麼辦呢？」

怎麼回事？故事的發展又和之前一樣了。這次的麻煩終結者本來不是我，應該是小林才對，但每次到故事的高潮，碰到無法解答的難題時，他們就會把問題丟回給我。

池袋的神靈真是不公平。我吃驚地張大嘴巴，盯著小林。他就像VTR❿發生故障時的播音員，始終保持著笑容。我沒有任何主意。

「沒關係。」

我試著說了這句中文。小林笑容依舊，否定了我的想法。

「現在不可能與阿誠你沒有關係了。」

生活在世上，或許和人類遇到的所有問題都有關係。特別是關於池袋街頭的事，和我沒關係的問題並不存在。

哎呀，又是一件麻煩事。

❦

小林說他還要去跟工會彙報，所以過了一會兒就離開了我們的店。在傍晚的銷售高峰來

❿磁帶錄影機。

臨前，我的手機響了。我看了一眼手機翻蓋的小顯示幕，是一個沒見過的電話號碼。

「Moshimoshi。⑪」

「Moshimoshi用漢語說是『喂、喂』，你知道嗎？」

這個聲音讓我太吃驚了，手機差點沒掉下來。是東龍的老闆楊峰的粗嗓門。

「第一次聽說，下回我試著用一下。」

喂、喂。Hello, Hello。Moshimoshi。在電話發明之前，有很多人們不常用的詞彙。技術改變了語言。

「阿誠，我有話跟你說。」

楊突然開口。我準備好，回答他：「我也有話要跟楊先生說。我和小林一起去見您，可以嗎？」

東龍老闆用漢語叫喊了一句什麼。雖然我聽不懂，但即使是反應遲鈍的我也知道那是罵人的話。

「那傢伙不行。阿誠你一個人來。如果不這麼做，我們沒辦法談。那個男的不能信任。」

到底會發生什麼事？我有點丈二金剛摸不著頭腦。但我腦海中浮現的詞全都是經常聽到的危險語彙，譬如誘拐、綁架等等。

「要是你不放心，我們可以在大庭廣眾之下，就我們兩個人見面。有鑒於現在的情況，我們的組員都配了保鑣，但我會保證阿誠的安全。用我的面子擔保。地點由你指定。」

東龍的老闆說要用比生命更重要的面子來擔保。我有了一種信任楊的感覺。

「知道了。那我們三十分鐘後，在西口公園的噴水池前見面吧。」

「明白了。」

電話突然斷了。我們店裡的櫻桃、哈密瓜、麝香葡萄散發出迷人的香味。剛才與龍老闆的對話，感覺像在作夢一般。

走出家門前，保險起見，我還是打了個電話。

我打給了羽澤組的猴子。小林或許背地裡有什麼古怪。聽楊說話的口氣，感覺這次的碰面還是不要讓小林知道為妙。可惜猴子的手機轉到語音信箱，我只好留話給他。

「三十分鐘後，我要在西口公園與東龍的老闆碰面。我和對方約好只有我們兩個人到場。我覺得應該不會發生什麼事，不過萬一我回不來的話，你就幫忙聯繫一下小林吧……」

⓫漢語的『喂、喂』的意思。

我剛說到這裡，語音信箱的錄音就停止了。我們想傳達的訊息總是有頭無尾，這就是命運，沒辦法。

高中生和大學生磨磨蹭蹭地開始回家，主婦們為了搶購超市的特賣品飛快地穿過春天的公園。下班高峰來臨前的西口公園非常悠閒。自動噴泉不停地變換著噴水的形狀，噴出白色的水柱。

我站在花崗石邊上，背後冒著冷汗。我看到一輛白色的LEXUS停在公車站旁。兩名戴墨鏡的男子下了車，朝周圍掃視一番。東龍的成員已經不再穿帶刺繡的運動上衣了。其中一人朝車裡點點頭，車窗上有隔熱貼，從外面看不見裡面。

車門打開了。首先看到的是鱷魚皮鞋的鞋頭。一雙鱷魚皮鞋的價錢可以買一輛小汽車，我想像不出穿上這種鞋會是什麼感覺。從車裡下來的是楊，穿著和昨天一樣的黑色西裝。他若無其事地走向噴泉，環視我背後的環境。

「你真是一個人來呀，好膽量！得稱讚你一下。」

楊被曬黑的臉輕微牽動了一下。或許是在笑。

「您不是也遵守約定，單身赴會了嗎？」

東龍的成員聚集在LEXUS周圍，好像沒有要過來這邊的意思。我和楊面對面站在噴水池旁。環繞在我們周圍的是落地玻璃和不鏽鋼的商業樓群。

「那是當然了。我也是要面子的人。在這條街上，一點面子都不要的傢伙還有很多。」

他露出一副愁眉苦臉的樣子。我有點同情東北幫的代表了。

「是嗎？上級組織一點都不會保護下級組織嗎？」

楊點點頭。「雖然我們上繳了很多錢，但那些傢伙可不要面子。算了，不談這些。現在的問題是逃到我們這兒的女孩的事。那個女孩對我們來說，是災難的種子。怎麼處理她，很棘手。」

他究竟要說什麼？我不太理解。

「一個逃跑的女孩，怎麼都好辦吧？讓她回到小林那兒就好了呀。」

「事情錯綜複雜，沒那麼簡單。你聽說過我們仲介中國人就業的業務吧？」

幫助研修員解決非法就業的問題，China Town背地裡的派遣業務。我點點頭。楊擺出一副商業人士的面孔。

「東龍得以壯大發達，就是因為可以為逃跑的人解決問題、幫他們規避麻煩；比起普通的派遣公司，我們向雇主和雇員提供了更細膩的服務；我們的信用和口碑都很好。」

「這樣很好呀。」

除了這句話，我不知道還能說些什麼。在我們日本人完全看不到的地方，存在這樣一種非法的商業模式。儘管它是違法的，但從不會傷害任何人的意義上講，和人類最古老的商業模式非常類似。

「從我嘴裡說出這些話，你也不知道什麼意思吧？」

楊抿嘴笑了笑，遞給我一樣東西。那東西在他粗糙的大手中閃著粉色的光。我接過這張卡片。在粉紅色的銀箔名片上，印著International Club——Lotus Lounge，地點是池袋本町。

「你去這家店找一個叫麗華的女孩，和她談談。我已經事先和店裡打過招呼。他們一定也能理解我們的難處。還有，麻煩你帶個話給姓林的：我們已經放手了，從現在開始，那個女孩自由了，之後他想拿她怎麼樣，是他的自由——不過不准再碰我們的人。如果再有偷襲事件，戰爭會全面爆發。」

從東龍老闆凶惡的表情來看，好像即使出動自殺攻擊也在所不惜。我認真地點點頭，忍不住問了一個我一直想問的問題。

「為什麼要找我呢？你只要打個電話給小林，不就什麼都解決了？」

楊吐出一句話：「阿誠，你怎麼看那個傢伙？那傢伙可不是簡單的顧問，他還是上海幫的間諜。他混在中國人背後的世界，誰給錢就為誰賣命；他是個沒有原則的資訊販子，相當不可信。」

我不知道如何回答。這次我好像什麼也沒做，所有的準備工作都是小林一手包辦。

「如果我告訴小林那個女孩的藏身處，你認為接下來會發生什麼事？」

楊看著我，卻又像在遙望遠方，好像在我身後發現了什麼，臉色稍微起了變化。

「受工會委託的傢伙們，一定會強行拉走那個女孩，並把她帶回茨城的工廠，完全不顧她的意願。阿誠，你會怎麼對待這個女孩？真是讓人期待啊。我相信把這個女孩交給阿誠，應該比交給姓林的傢伙要好。」

為什麼他能把那種事說得如此輕巧？我覺得真不可思議。

「你們這些人都不太正常。關於那個女孩，我又能做什麼？」

「我也生活在池袋，我聽過關於麻煩終結者的傳言：他不取分文，只為解決這一帶的問題；他把面子和自己的正義看得比什麼都重要，是一個很像中國人的日本人。」對東龍的老闆來說，這段話或許是他給出的最高讚美了。

「知道了。我只能跟你說，我會全力以赴。」

楊噗哧一笑：「不過，對於那個女孩得的病，任何人都幫不上忙。」

病？難道她得到什麼傳染病嗎？

「你說的那個病，嚴重嗎？」

楊大聲笑了。路過的人都朝我們這邊看過來。

「不是嚴不嚴重的問題。這種病會世世代代傳染下去，折磨他們一直到他們死去。病原體的名字是『貧窮』。」

楊突然轉過頭，朝LEXUS舉起一隻手。他的手下立刻打開車門，恭候老闆。

「阿誠，你的同伴好像已經來了。我要走了。聽好，你要提防著林。」

東龍的老闆走向LEXUS休旅車，步伐很快，像個年輕人。他鑽進車內，離開了公車站。我目送白色的車駛離後，轉頭看了看背後。猴子和小林正從池袋西口公園的東武百貨大樓那邊走來。我環顧周圍，發現羽澤組的年輕小鬼們都在戒備著。在春天的平和的公園裡，看這個陣仗，即使發生戰爭也不會讓人意外。不過正在玩象棋的流浪漢或許沒有發現這些。

猴子一副很不爽的樣子，對我說道：「阿誠，我對你說過多少次了，不要一個人擅自行動。我聽到你的留言，就趕緊召集了我們組裡的成員；你一個人擅自行動，要是被拐走了怎麼辦？」

我試著回想楊的面孔。

「那個傢伙不會幹這種事。不說這個了，告訴你們一個好消息，聽說小郭自由了。東龍已經放手，楊要你們快點停止突襲。」

猴子抿嘴一笑。「我就猜到會這樣。他們的組織只有五、六十人，現在已經有六個人被送進了醫院；他這樣做也很正常。」

小林聽了猴子的勝利宣言，臉上沒有顯露出任何情緒。

「阿誠，郭順貴現在在哪裡？」

我把型男顧問上上下下再度打量了一番。和之前一樣，他還是穿著黑色的西裝，繫著黑色的領帶，像優秀政府官員的中國人。這個男人到底是什麼背景？

「現在還不知道。楊說，等確認羽澤組、上海幫停戰之後，他會聯繫我們。小林，離督察視察工廠還剩下幾天？」

「五天。」

「這樣的話，我們給東龍的人寬裕一點的時間吧，哪怕就一天。」

小林臉上依然沒有什麼表情，點了點頭。「知道了。一天的話沒問題。阿誠，你剛才從楊那裡拿到一個東西吧。那是什麼？」

任何事都逃不過他的法眼。我急中生智，撒了個謊。

「是楊的名片。他說上面是緊急聯繫時的專線。」

小林鍥而不捨地追問：「能給我看一下嗎？」

我搖搖頭。「不行。那傢伙不信任小林。他說如果發生了什麼事，由我負責聯繫。」

猴子聳了聳肩。「你這個傢伙就是有這麼不可思議的力量。發生大麻煩的時候，剛開始覺得你一直在旁邊晃來晃去，但不知什麼時候開始，你就跑到事件的核心位置、掌握了解決麻煩的王牌。阿誠，你的真實身分是不是某個國家的間諜？」

我也學猴子聳了聳肩。我不是傑克．鮑爾⓬，只是在水果店看店的人。

晚上九點之後，我離開了店。

經濟果然不景氣，就連池袋站前來往的行人都變少了。在西口出口處，計程車空車排起了長龍。為了確認後面沒有尾隨的人，我好幾次在路上隨意地跳來跳去、轉圈。在夜晚的街上，如果跟蹤者被對象發現的話，就很難再繼續跟蹤下去了。

我朝著粉色名片的地址走去。從我家走過去也就五分鐘。這棟住商大樓位於離池袋站北口兩百公尺的十字路口一角。俱樂部在四樓。我搭上電梯，發現一件令人吃驚的事：電梯關門時，我聽到了之前聽過的金屬音。這個電梯和東龍地下辦公室那棟樓的電梯發出的聲音一模一樣；原來楊就在我們附近。池袋真的很小。

我以為這家俱樂部和日本的夜店⓭一樣，是不分包廂的大房間。不過，打開貼著黑色皮革的門後，發現映入眼簾的是窄窄的大廳。前臺站著一個打著蝴蝶領結的中國人，看到穿著牛仔褲的我，便眼睛瞪過來，好像想把我趕走似的。在前臺的櫃檯上放著一個透明的小塑膠箱，裡面塞滿了硬幣，也能看到幾張紙鈔。是在辦什麼募款活動嗎？我一手抓著粉色的名片說：「我是楊先生介紹過來的真島誠。我想和麗華小姐聊一下。」

前臺的態度突然出現一百八十度的大轉變。他半彎下腰，幫我帶路。楊的大名在這裡有絕對的威嚇力。店裡面是由像卡拉OK包廂的一個個小房間組成。我覺得有點不可思議，便問了一下服務生。

「這家店是什麼樣的店？還劃分了隔間。」

⓬ Jack Bauer，美國電視劇《24小時》中的主角。

⓭ 指的是由女性員工接待客人聊天、喝酒等的小型俱樂部，一般是計時收費制。

男子用帶中文口音的日語說：「就是一般的俱樂部呀。如果不劃分隔間的話，中國的客人容易發生糾紛。他們看到原來陪自己的女人去接待其他客人，會嫉妒的。」

原來如此。雖然都是東亞國家，但俱樂部也是各種各樣。我被帶到一個六張榻榻米大的隔間。貼著牆擺了一張L形的白色沙發，白色大理石桌上擺著四十二吋的液晶電視和卡拉OK組，很像一間豪華的卡拉OK包廂。我只要了杯礦泉水。

十分鐘後，傳來咚咚的敲門聲。

「請進。」

進來的是一位穿著白色鑲金絲長裙的女孩，一臉惴惴不安的表情。她穿的是露肩的裙子，可以看到她的肩膀還是有些肌肉，一看就是做過工的人。她的臉長得可說像香港電影中的女演員。她的頭髮紮起來，露出長而漂亮的脖子。她臉上的妝也帶了金粉，閃閃發亮。

「打擾了。」

郭順貴的日語也非常流利。根據研修員競爭的比例來看，能選上的人一定都是佼佼者。

她坐在離我有一些距離的沙發上。

「我是真島誠，受工會顧問林高泰的委託，負責調解東龍和工會的爭端。我有一些話想問你，可以嗎？另外，我和日本警方、入境管理局沒有任何關係，所以請放心。」

小郭的臉色有些蒼白。不過入境管理局的政府官員也不會像我這樣穿著牛仔褲和長袖T

恤，就算一開始我不解釋應該也無妨。

「首先我想告訴你的是：你已經不是東龍的人，恢復自由之身了。你可以按照自己的意思去任何地方。我從小林那兒聽說，如果研修員中有一人逃跑的話，剩下的兩百多人就要被強制驅逐出境；為什麼你要來池袋？」

小郭挺起胸膛。儘管出身貧寒，但有很強的自尊心；或許正因為如此，她的坐姿非常挺拔。

「我想跟大家說聲對不起。但我來這裡工作也有不得已的苦衷。我並不是嫌工作太苦、薪水太低才逃跑的。」

「那你為什麼會讓東龍勸誘來這裡呢？」

小郭一動也不動地盯著桌上的礦泉水杯。停頓了一會兒，她回答：「我收到家鄉寄過來的信。我父親腎出了問題，已經病入膏肓了。要救他，只能做腎臟移植手術，所以我必須想辦法趕快籌到一大筆錢。在縫製廠那兒，東龍還挺有名的，謠傳在他們這裡可以得到很好的照顧，賺的錢也是普通研修員的好幾倍。在這種情況下，我沒有別的選擇。」

我回想起楊的話。會傳染的病，那就是貧窮。

「等一下，在中國沒有醫療保險嗎？如果老人生病，大部分的醫療費用應該是由國家負擔的吧？」

小郭稍微睜大了眼睛看我。或許她聽到我的話有些吃驚。

「像這樣富裕的國家，在全世界都很少見。改革開放後，中國的醫療制度就全面瓦解了。之前還可以免費看病，現在則必須自己先以現金支付每次的治療費用。在貧窮的農村，大家都不去醫院，直到不得不去的時候；屆時大多已耽誤了治病的黃金時期，病情也更加惡化了。」

高速發展的東方之龍也有令人意外的一面，就和美國的制度一樣。聽說在美國的醫院，如果沒有醫療保險，病人就會被趕出去。

「腎臟移植手術需要五百萬日元現金，所以我不能繼續待在那家工廠踩縫紉機。對於和我一起來的同胞，我感到非常抱歉，但我逃跑為的不是過更富裕的生活，也不是為了來東京玩；這邊的工作也絕對不是年輕女孩嚮往的。」

僅靠陪客人喝酒，要在短期內賺到五百萬日元也極其困難。如果客人主動要求的話，也會跟客人去飯店。這是一家高薪的、可以帶出場過夜的俱樂部。

「原來如此。」

應該怎麼做呢？我完全想不出什麼好辦法。如果把小郭帶回工廠，她父親就會因為沒錢治療腎臟而去世；如果不把小郭送回去，兩百四十九人就要遭到強制驅逐出境的命運。或許有的研修員也和小郭一樣，有著同樣悲慘的境遇。此時，我想起櫃檯上放著的募捐箱。

「難不成門口放的募捐箱，是為了幫忙籌募你父親的腎臟移植費用？」

小郭不好意思地點了點頭。「我告訴她們不必這樣，但店裡的員工和女孩們都覺得我很可憐，所以開始為我募款。我聽說不只在這個夜店，在整個池袋中華街上都有募款活動。」

原來是這樣啊。以介紹非法就業為主業務的東龍，有不能把小郭放走的理由。如果不堪壓力而把這名女子送走的話，不僅楊會失掉面子，還有損收益部門的名聲——因為他們對走投無路的逃脫者見死不救。

我向小林撒謊賺來的緩衝期只有一天。但無論如何努力，這個問題也不可能在一天之內解決。我和從中國中原河南省過來的女子一樣，陷入了進退兩難的困境。在這種時候，任何安慰的話都是多餘。我只能就事論事告訴她：

「五天後，督察就會去視察茨城的工廠。如果他們認定你失蹤了，其他人就會被遣送回國。之後他們就會開始找你。我不能要你不顧自己父親的死活，但繼續非法就業下去，我也不認為是個好辦法。你還有一天可以考慮。由於時間緊迫，不可能讓你慢慢思考，但我想讓你自己好好想一下，然後告訴我們你的決定。我還沒有告訴工會和小林這家店的事。」

我只說了這些，並留下一張寫了我聯絡方式的字條，便離開了夜店。

那天晚上，我反覆聽著令人不安的《奇異的滿州官吏》。那個人竟然被人在腹部刺了三刀還沒死，他一定不是人類。貧窮，而且是絕對的貧困，才是不死之身。像小郭這樣的年輕女孩，即使逃到天涯海角，貧窮也一定會尾隨而至。

我想像了一下，在現金收入每月只有一千日元的農村，孩子或老人生病時的情景。如果因為一點小病就住院的話，便得背負年收入兩、三倍的欠款。人生不是那麼輕鬆的，在那個世界，一點點免疫力的差別就會左右人的一生。

我打開窗戶，把春天的晚風請進屋子。心情跌到了最谷底，即便如此，夜風仍然甜美溫柔。在這個時間，研修員還在工廠值夜班，小郭或許正在北口的某個情人旅館出賣自己的身體。我躺在暖和的被窩中，思索這個世界的問題。但隨著凌晨來臨，我的思考變得遲鈍，不知何時進入了夢鄉。不管是苦惱還是歡樂，最終我們只能看到發生在自己眼前的事。這或許是我們的拯救，同時也是一種詛咒。

那是第二天上午發生的事。

我正在看店，手機又響起一個沒見過的號碼，是楊吧。我從店裡出來，走到人行道上，對著手機用中文說道：「喂。」

耳邊響起女孩的噗哧一笑。「喂，是真島誠先生嗎？我是小郭，昨天承蒙您關照了。」

我在這條街上幫助過很多深陷麻煩的女孩，但像這樣道謝的只有這個中國人。

「哪裡，我講了這麼多煩人的話，不好意思。」

小郭短暫地沉默了一會兒。在西一番街鋪著彩色瓷磚的人行道上，高中生情侶手牽著手走過。為了湊齊父親移植手術的費用而出賣自己身體的小郭，年紀應該和他們差不多。

「嗯，你昨天說還有一天的思考時間，對吧？所以真島先生，今天能麻煩你陪陪我嗎？」

「要做什麼呢？」

小郭在電話另一頭歎了口氣。「此後我一輩子都不可能再回到池袋的街上了。我想在告別之前好好看一看這裡。不好意思，真島先生，能麻煩你當我的導遊嗎？」

「知道了。不要喊我真島先生，叫我阿誠就行。」

小郭要離開這條街，也就意味著她決定回工廠了。小郭是為了同胞而放棄父親嗎？我不想再多問什麼，所以盡量用歡快的聲音回答：「碰面地點在我們店裡，可以嗎？昨天我給你的字條上有一個畫得很醜的地圖；從夜店出來，走路四、五分鐘就到了。」

「知道了。我現在就從這裡出發，十五分鐘後見。」

掛上電話，我連忙向人在二樓的老媽打了聲招呼。

❦

小郭那天晚上穿了一條長裙，看起來很成熟，今天白天的打扮倒是比較符合實際年齡：下身穿著牛仔迷你裙，上身是混搭的長袖T恤和背心。粉色和橘紅色的組合也很流行，不過感覺不像日本人的打扮。

小郭看到我老媽之後，又看了我一眼，然後低下頭說：「您是阿誠的姊姊嗎？我叫郭順貴。就今天一天，借用一下令弟。」

聽她叫老媽「姊姊」感覺不太舒服。我正想說她是我老媽，發現「敵人」正用鐳射光般的視線向我掃射過來。由於太過恐怖，我大氣也不敢吭了。老媽微笑著說：「如果你覺得這個傢伙還行的話，什麼時候都可以借給你。玩得盡興點。」

老媽說完又朝我這邊看了一眼，再次變回恐怖的面孔。

「阿誠，不准怠慢這麼可愛的小姐。要做好護花使者。」

我露出諷刺的笑容，回答道：「知道了，姊姊。」

於是我和小郭一起離開店裡。年長的「姊姊」對著我們的背影喊道：「回來的時候也順便來我們店一下，小郭。」

「好，我知道了。」

小郭轉過身，深深地低下了頭。或許她是在日本已經絕種的那類女孩。

我們漫無目的地慢慢朝池袋站西口走去。

「接下來想做什麼？你有什麼想看的東西嗎？」

聽我這麼問，小郭只是輕輕搖頭。

「沒什麼特別想看的。我想去生活在這裡的普通人經常去的地方。」

或許是她一生中最後一次的池袋觀光。作為導遊，我可能有點不可靠，不過這樣或許也不錯。

「好。有任何問題，隨時可以問我。」

春風吹拂著，街角的染井吉野櫻樹已有幾朵櫻花爬上了枝頭。好像僅有枝頭被粉色油漆刷過似的。真正的春天就要到了。對於小郭，這或許是個分別的季節，但至少不是今天。

我想好好向她介紹一下生養我長大的這一帶。

我們的第一站是西口公園。

我告訴小郭很多精彩的故事，譬如從高中時代起我們在這裡做了哪些惡作劇；小郭邊笑邊聽。她問了很多無厘頭的問題，我一律熱烈歡迎，像是G少年是什麼、這些人是否在集體農場工作等等。我告訴她，在池袋，絕大多數的小鬼每天都遊手好閒、無所事事。小郭聽完後瞪大了眼睛。

下一個目的地是東武和西武的百貨商場。商場裡擺放了從世界各地收集來的精品，小郭把它們拿在手上，歎了一口氣。她看到物品上貼的價格標籤時，就像摸到爆炸物一般，迅速把它們放了回去。這裡賣的歐洲高級品牌，原產地是中國的絲質襯衫，一件的價格就足夠貧窮農村好幾戶人家一年的生活。

我們在綠色大道上漫步，朝太陽城走去；我們在Alpa噴水池旁一邊吃霜淇淋，一邊看著面向日本年輕女孩的時尚服裝店裡過於暴露的服裝，忍不住笑出了聲。銷售員的打扮不是像演唱聖歌的黑人藝人，就是像給一百美金就會出賣自己身體的阻街女郎。

之後我們坐上高速電梯，去了太陽城的水族館。在水族箱裡有很多不知貧窮也不知富貴的魚；為什麼人類就不能像魚那樣，只生活在當下呢？小郭看著搖搖晃晃走路的企鵝，直說好想要一隻。我在水族館的禮品店裡買了個最小的企鵝布偶，送給她當禮物。

最後我們來到了陽光六〇大廈的瞭望台。本地人很少來這裡，就像生活在東京鐵塔腳下的人不會爬東京鐵塔一樣。

此時，傍晚的夕陽照耀，在視野下方綿延的東京建築群唯有西側閃耀著橘紅色光芒。小郭坐在玻璃窗邊的欄杆上，遠眺池袋的大街。

「有這麼多建築物，亮閃閃的新車開過，即使生了病也不用擔心錢的問題，可以去醫院；女孩子都很可愛，男孩子看上去溫柔又時尚。誠先生真是出生在一個不錯的地方呢。」

我在這一帶的小路上摸爬打滾了這麼多年，還是第一次聽到別人這麼說。其實池袋絕不是一個任何人都嚮往的地方，不過我不想打破小郭的夢想。

「或許是吧。」

就像魚兒看不見水，生活在東京的人或許也看不到自身的富足。

「今天很開心。誠先生，謝謝。我決定明天和林先生一起回工廠。雖然父親的病讓我很難過……」

小郭吞下後面的話，把臉朝向鎖死的窗戶。她雙眼噙滿了淚水，而她這個研修員以很強的意志力忍了下來。不管怎麼嚴酷的工作都難不倒這個女孩吧！我又想起了楊的話：研修員的工作量是一般人的三倍，而且沒有任何怨言。

「我想父親應該能理解我的決定。我們家除了父親，還有弟弟妹妹，要準備他們的教育費。為他們的將來著想，父親應該也會諒解我的。我必須遵守這個國家的法律。」

我不知該如何回答。這是小郭苦思良久後，自己做出的決定。我點點頭。

「是嗎？明白了。你下了很大的決心吧。回到家，嚐一下我老……姊親手做的菜。雖然賣相不太好，但是日本的家庭料理還是很好吃的喲。」

❦

在高速電梯上，我設成震動模式的手機動了一下。竟然打攪我好不容易才有的「池袋休息日」，真是不解風情的傢伙。我看了一眼顯示幕，是猴子。電梯來到一樓，我打回去。

「喂。」

我又用了剛記住的漢語。旁邊的小郭笑了笑。

「阿誠嗎？你在說什麼？別開玩笑了！你們家的店大事不妙了！」

我們家的店？發生什麼事了？剛開始我腦海裡浮現的是火災。猴子的語氣像在打我耳光：「上海幫的傢伙正在你們店周圍巡邏呢；你到底在幹什麼？」

我沒辦法解釋我正在陪河南省的小公主遊覽池袋。

「我找到小郭了。小林不僅是工會的監督人，還是上海幫的資訊販子；或許他已經發現我的行動，想先發制人。」

不過，我的工作應該也快結束了。把小郭帶回家，讓她嚐嚐老媽做的晚飯，再把她交給小林。在這次事件中，我已經無能為力了。猴子咂咂嘴。

「原來啊！我就覺得小林是個不太好對付的傢伙。那個姓林的傢伙，感覺有些地方和你很相似。」

東龍的老闆和羽澤組的重量級人物都誇獎我了，真是春天的奇事呀。

我們在陽光大廈前叫到車已經是六點過後了，春日的天空正開始變暗。有幾輛車大搖大擺地停靠在我們家的店前面。我先步下計程車。小林脫了上衣，正在店裡幫忙。在離人行道稍遠處，一共有四小隊、兩人一組的中國黑手黨。他們正從各個角落監視我們家，以防有人從那兒逃走。不好意思，我們不打算逃走，真是辛苦他們了。

「小林，她說要回去工廠。在走之前，我想讓她嚐嚐我老媽做的晚飯，能給我們一個小時左右的時間嗎？」

小林深思了一會兒，不知道在想什麼，然後點了點頭。我對老媽喊道：「所以呢，拿出你最好的手藝給我們做頓晚飯吧，四人份。如果需要買什麼菜，我去買。」

老媽看了我一眼，然後把視線轉向人行道上站著的上海幫男子。

「是嗎？這個孩子必須回到他們的地方嗎？知道了。這樣的話，今天就讓大家好好飽餐一頓。」

從大度、慷慨這一點來說，沒人比得上我家年邁的「姊姊」。

桌上擺著白菜和豬肉里脊火鍋、芝麻醬油拌金槍魚、甜味煎蛋捲和蔬菜天婦羅。老媽不愧是道地的東京人，在生意最好的時段竟然放下了店裡的鐵捲門。

在二樓的餐廳裡，小林、小郭、我和老媽四個人一起圍在桌旁。以前總是只有兩個人吃飯，所以今天晚上特別熱鬧。或許有兄弟姐妹的感覺就像這樣。

「你們還年輕，要多吃點。」

老媽一個人打開氣泡酒喝了起來。她在做飯的時候嚐了嚐味道，所以好像已經吃撐了。我、小林和小郭開始大快朵頤地吃起晚飯。

儘管悲傷，如果每次事件都能以這種形式的晚飯結束的話，當個免費的麻煩終結者也不是一件壞事。

愉快的晚飯時間即將結束之際，老媽突然開口說：「對了，小郭，你到底是遇上了什麼麻煩？」

喝醉酒的老媽好像會變得多話起來。不過，這樣還能拖延點時間，對此我非常歡迎。

我向不安地看著我的小郭點了點頭。

「對我老媽，你不用介意。什麼話都可以告訴她。」

◈

小郭保持愉快的笑容，花了二十分鐘說明這次麻煩事的來龍去脈。從中原貧窮的農村講到鄰國改革開放的巨大變化，她的故事好像比ＮＨＫ的大河劇還要壯觀。

一向堅強的老媽聽到小郭的父親需要移植腎臟的事，眼裡充滿了淚水。兩百四十九名同胞的強制遣送回國和父親的性命，天平兩邊的負擔都太沉重了。最後我老媽說：「你明天就要回去時薪兩百七十日元的工廠了嗎？」

這次小郭沒有洩氣。任何人只要接受了自己的命運就會變得很強大。逃跑的女孩臉上綻放出掩不住的光輝。我媽輕輕瞪了小林一眼，搖搖頭。

「小林，你真是一個陰謀家。不管這條街上的人如何吹捧阿誠，我知道他還只是個小鬼而已。」

我完全聽不懂老媽在說什麼，不過小林和老媽好像能相互理解對方的話。

「但是，小郭已經表明了自己的心意，也只能按你的策略走了。」

小林深深地低下頭，額頭都快抵到桌子了。他的對象不是忙前忙後、辛苦了大半天的我，而是向我老媽深深地致歉。這是怎麼回事？

「非常抱歉，不過，我想到了一個方法。起初，我沒打算請您接受這麼無理的要求。小郭會回到工廠。但很遺憾，在最壞的情況下，我們不得不這麼做。」

小林非常認真地說道。小郭和我一臉茫然。

「你們倆到底在說什麼呀？」

我好久沒問過這麼蠢的問題了。老媽抿嘴一笑。

「小郭的困難，說穿了就是國籍問題。如果她像小林一樣拿到日本國籍的話，就什麼問題都解決了，也就不會被強制遣送回國，可以自由地在這條街上工作。」

這時候，連遲鈍的我也終於明白發生了什麼事。

「老媽，你要收小郭當養女嗎？」

小郭也一臉吃驚的樣子。

「是呀，如果小郭願意的話。而且，我剛才一直在看這孩子的手。」

我重新看了看小郭的手。她的手像男生似的，很粗糙，指甲厚厚的，剪得很短。這是從出生就在勞動的人的手。

「如果有機會，這雙手一定會好好工作。我們也不能對小郭的父親見死不救呀！怎麼樣，小郭，你願意僅在書面上當阿誠的妹妹嗎？雖然我們不是有錢人家，但不管什麼時候，還負擔得起像這樣的晚飯。」

小郭把手放在胸前，屏住呼吸。她面朝前方，淚珠啪嗒啪嗒掉了下來。

「謝謝。如果您願意這麼做的話，我會拚命工作、幫助父親的。對日本的媽媽，我也會盡力做我能做到的事；我真的可以待在這條街上嗎？」

老媽淚眼朦朧地看著失聲痛哭的小郭。小林的臉雖然有點泛紅，但表情上沒有任何變化。真是了不起的政府官員。

我說：「小林，你前幾天半夜不請自來，告訴我們日本人收你當養子的故事，就是為了這個嗎？」

型男研修員顧問輕輕點了點頭。「對不起，阿誠。因為小郭的情況很特殊，所以我想無論如何都要想盡可用的辦法。不過，我沒想到你母親和阿誠你的心地都這麼善良。謝謝你們二位。」

長長的晚餐會就這樣結束了。

小林從第二天開始幫我們辦理真島家收養小郭當養女的手續。同時，小郭的研修員合約解除，她也不必回工廠了。小郭的正式歸化申請開始啟動。不過，就像大家瞭解的那樣，其間的過程也不是那麼簡單。外國人成為日本人的道路是很漫長的。

那晚，當小郭和小林走下樓梯，來到西一番街上，上海幫的男子已經像煙一樣消失不見了。對小林來說，讓他們過來只是以防萬一。畢竟，絕對不能再讓小郭逃跑了。

之後，小郭辭去了那家店的工作，現在在猴子介紹的另一間池袋夜店（是一家不准帶女子出場的普通俱樂部）打工。小郭憑藉她的美貌、流暢的日語以及得體的儀節，剛轉到這家店就挺進了銷售業績的 Top 3，自是理所當然。雖然她比較在意錢，不過這也算是她的可愛之處。我不想去妹妹陪酒的夜店喝酒，所以一次也沒去過。

今年的春天，我、老媽和小郭三人一起去了西口公園賞櫻花，老媽還帶了她親手做的便當，小郭很開心。

風吹過，花瓣落下。據說因為櫻花的花瓣很薄、顏色很淡，所以可以隨風飄過山谷、穿越海峽。遲早有一天，小郭在這條街上尋找到的淡淡幸福也會跨越海洋，在中國的大平原上結出果實吧！我大口吃著老媽做的有點鹹的飯糰，（作為哥哥）微笑欣賞非常漂亮的妹妹的笑容。

櫻花還處於盛開的時期。趁櫻花尚未凋落，找個時間不帶老媽，僅年輕人一起來賞花，或許也是一件樂事。就我和漂亮的妹妹兩人賞櫻，這是隱藏在我心中、自小以來的夢想。

石田衣良系列 12

Dragon tears 龍涙：池袋西口公園 9
ドラゴン・ティアーズ 龍涙：池袋ウエストゲートパーク 9

作者　石田衣良（Ishida Ira）
譯者　孫莎莎
執行長　陳蕙慧
總編輯　陳郁馨
主編　張立雯
協力編輯　陳孟姝
行銷企劃　廖祿存
封面設計　白日設計

社長　郭重興
發行人兼出版總監　曾大福
出版　木馬文化事業股份有限公司
發行　遠足文化事業股份有限公司
地址　231新北市新店區民權路108之3號8樓
電話　02-2218-1417　傳真　02-8667-1891
email: service@bookrep.com.tw
郵撥帳號　19588272　木馬文化事業股份有限公司
客服專線　0800221029
法律顧問　華洋國際專利商標事務所　蘇文生 律師
印刷　成陽印刷股份有限公司
初版　2013年10月
初版三刷　2018年2月
定價　新台幣260元

ISBN 978-986-5829-54-4
有著作權　翻印必究

DRAGON TEARS – RYURUI Ikebukuro West Gate Park IX by ISHIDA Ira
Copyright © 2009 by ISHIDA Ira
ALL RIGHTS RESERVED.
Original Japanese edition published by Bungeishunju Ltd., Japan 2009.
Chinese (in complex character only) soft-cover rights in Taiwan reserved by ECUS PUBLISHING HOUSE CO. under the license granted by ISHIDA Ira arranged with Bungeishunju Ltd., Japan through The Sakai Agency, Japan and Bardon-Chinese Media Agency, Taiwam(R.O.C).

國家圖書館出版品預行編目(CIP)資料

龍涙：池袋西口公園. 9 / 石田衣良著；孫莎莎譯.
– 初版. – 新北市：木馬文化出版：遠足文化發行
, 2013.10
面；　公分. –(石田衣良系列；12)
譯自：ドラゴン.ティアーズ-龍 ：池袋ウエストゲートパーク. 9
ISBN 978-986-5829-54-4（平裝）

861.57　　102017918